T0267771

Caídos del cielo

Ray Loriga

Caídos del cielo

Papel certificado por el Forest Stewardship Council®

Primera edición en esta colección: junio de 2024

Travessera de Gràcia, 47-49. 08021 Barcelona

Printed in Spain – Impreso en España

ISBN: 978-84-204-7807-4
Depósito legal: B-6997-2024

Impreso en Unigraf, Móstoles (Madrid)

A L 7 8 0 7 4

Prefiero ser flaco que famoso.

Jack Kerouac

Dejad a los niños tranquilos

1

—¿Y ahora qué?

No sabía muy bien a qué se refería. Llevaba toda la mañana con el estómago revuelto. Con un dolor en el estómago. Un dolor agudo, como un clavo. Lo sé porque me lo dijo ella misma. La pistola no era suya. Eso se dijo, pero no era cierto. La pistola era de él. Se dijeron muchas tonterías, da igual, era de él. Seguro. Una pistola grande, automática, negra.

—No se mueve.

—Ni se moverá, está más muerto que yo.

—Tú no estás muerto.

—Lo estaré.

Tenía razón. Dos horas después le pegaron tantos tiros que hacía falta quererle mucho para ir a mirarlo. Mamá no fue. Nadie le quería mucho. Nadie le quería nada. Ella tampoco. Ella había visto todas esas películas de asesinos juveniles. Estaba en Babia. Pero de eso al amor hay un paseo.

—No da asco.

—No.

—Tampoco da mucha pena.

—Da lo que da. Vámonos de aquí.

Subió al coche, se acordó de mamá, seguro, se acordó de mamá diciendo: Algo me dice que todo esto estará limpio mañana. Arrancó el coche y dijo:

—Algo me dice que esto no va a estar limpio mañana.

2

Cuando alguien me pregunta, los de la tele por ejemplo, siempre digo que no me parecía nada bien lo que hacía. Porque es la verdad y porque a mamá le daría algo si se me ocurre no decir eso. Pero, las cosas como son, mal no me caía. Además, qué coño, era mi hermano. Los de la televisión son la hostia. Mira que hacían preguntas. Preguntas estúpidas, además. Que si alguna vez me disparó. ¡Si era mi hermano! Y con la puntería que tenía. Estaría muerto. Más muerto que un perro que tuvimos que se llamaba Dark, por la película *Darkman*, esa en la que un tío se convertía en todo, en cualquier cosa. A él le encantaba, la película y también el perro. Lo atropelló un camión.

—Voy a dejar que vengas conmigo, aunque sé que es una estupidez.

—Cómo lo sabes.

—Lo sé.

Después se quedaron los dos callados. Él conducía muy deprisa, tanto que asustaba. Muy deprisa y muy bien. Al rato ella empezó a hablar. Hablaba mucho.

—A mi madre la pilló mi padre en la cama con otro tío...

Él la cortó a la mitad.

—¿Tú me quieres?

—¿Qué?

—Que si me quieres.

—Claro, ¿quieres que te la chupe?

—Tú se la chupas a todo el mundo.

—Y tú matas a todo el mundo, que es peor.

—Vaya un razonamiento.

No dijeron nada más. Cincuenta kilómetros después, él abrió la puerta del coche y la echó fuera de un empujón. No iba deprisa. Él nunca hacía daño a las chicas. Y menos a ella. Creo que hasta le gustaba un poco.

Lo primero que hay que decir aquí es que mi hermano no era marica. Virgen sí, pero marica no. O a lo mejor sí. Qué más me da. Lo que me jodió es que los de la televisión dijeran que era marica sin conocerle de nada. Y todo por algo que ella dijo, sin querer. Los de la televisión se creen que como no matan a nadie ya son la hostia, pero andan muy equivocados. Yo te juro que no he visto a nadie más mezquino que esos tíos.

A mí, antes, la televisión me gustaba. Ahora ya no la puedo ni ver.

Por otro lado, he de reconocer que yo también soy virgen. Y, desde luego, marica no. No tiene nada que ver lo uno con lo otro. No es que no quiera, de verdad, es que no veo cómo.

Tres días antes de pegarle un tiro al tío de la gasolinera ella se había empeñado en subirse con él al coche y en ir con él a todas partes y luego en que se la tirara. Estaban en el asiento de atrás.

—Por qué no me la metes.

A ella le encantaba hablar así.

—Aquí no. Es demasiado estrecho.

—Vaya una tontería. Hay sitio de sobra.

—Además, aquí es donde dormimos.

Dormían allí porque no tenían edad para entrar solos en los hoteles. Ella a lo mejor. Pero él parecía incluso menor de lo que era.

—Todo el mundo folla donde duerme.

—Yo no soy todo el mundo.

Así era como él zanjaba las cosas cuando veía que se le escapaban de las manos. Podías estar seguro de que después de eso no había nada. Se acabó.

Hablaba como en las películas, y ni siquiera iba tanto al cine. Ésa era otra. Los de la televisión lo pintaron como el loco de la tele. Ponían películas, trozos de películas, y decían que era lo mismo. Pues no señor, no lo era. Mi hermano no era un demente de esos que andan repitiendo lo que ven en el cine. Mi hermano tenía una pistola y se cargó a dos tíos que a saber si no se lo tenían más que ganado. Bruto era, no digo yo que no, pero loco para nada.

Traté de explicárselo a mamá, pero ella prefería creerse lo que decían por la tele. ¡Ella, que era su madre! Estaba imposible. No se le podía hablar. Claro que también era normal. Cuando iba por la calle le decían: Mira, ésa es la madre del ángel de la muerte. Le llamaban así, los de la tele, porque era más guapo que la hostia. Cuando sacaron la foto en los periódicos las chicas se volvieron locas. Empezaron a mandar miles de cartas. Todavía las tengo. Cartas de amor y eso. También le escribían chicos, los más dementes, esas cartas las he tirado.

Él no se enteró de nada de esto. Cuando empezaron a llegar las cartas ya había muerto.

Aún le siguen escribiendo. Como a un fantasma. Le cuentan de todo.

También le escriben a ella, me lo ha dicho.

Ella quería ser cantante.

—¿Por qué llevas esos saquitos? ¿Qué tienen dentro?

—Lentejas.

—¿Lentejas?

—Sí, es un buen ejercicio. Me las pongo en el abdomen, me da mayor capacidad respiratoria. ¡Se canta con el estómago!

—¿Lentejas para cantar? Nunca lo había oído.

—Hay muchas cosas que tú nunca has oído, señor asesino, como por ejemplo follar. Estoy segura de que no sabes ni lo que es.

—O como, por ejemplo, disparar contra una chica a quemarropa. Que no lo haya hecho aún no quiere decir que no pueda hacerlo.

La verdad es que no le gustaba que le tocasen las narices.

Supongo que ella se asustó bastante. A mí me dijo que le hacía gracia, pero estoy seguro de que le daba miedo.

A veces, no siempre.

3

El verano lo pasábamos en el mar. Todos los años. Él lo odiaba. No el mar, le gustaba mirarlo y bañarse solo, cuando ya era de noche. Odiaba la playa. Los tíos que ligaban en la playa. El concepto playa le volvía loco. No sé si está bien eso del concepto pero supongo que se entiende lo que quiero decir. Digan lo que digan en la tele, a él los tíos no le gustaban nada. Odiaba casi todo lo que los otros chicos consideran natural amar. Las bicicletas, el windsurf, las tetas grandes, la playa. No quería tirarse de ningún sitio, ni quería subir a ningún sitio muy alto, sólo quería que le dejaran en paz. A lo mejor era marica. Yo qué sé. Tampoco soy un experto. A mí los maricas me caen muy bien. A mí la verdad es que me cae bien todo el mundo.

A mi hermano no.

—¿Vas a estar todo el día sin hacer nada?

—Déjame en paz, ¿qué quieres que haga? Estoy en la playa. Eso es lo que hago, estar en la playa. ¿Qué estás haciendo tú que sea tan importante?

—Yo estoy leyendo.

—Vaya una cosa.

Hay que tener en cuenta que yo entonces era un crío. Ahora leo mucho.

—No te das cuenta, pero leer es lo mejor. La televisión está bien, y sobre todo las películas. Ya sabes que a mí *Terminator* me gusta como al que más, la primera, la segunda es una mierda, pero leer es distinto, y también es lo mismo, todo a la vez.

Me reventaba cuando primero se ponía razonable y después no había manera de seguirle. Prefería que matase gente a que hiciera eso.

—Lee todo lo que quieras, que yo voy a nadar hasta la boya.

Siempre quería nadar hasta la boya pero nunca llegaba. Cuando me enfadaba de verdad quería llegar hasta la boya, pero me agotaba a mitad de camino.

Él iba hasta la boya y volvía como si nada cuando creía que nadie le veía.

La boya estaba muy lejos.

4

La sangre da asco. A todo el mundo le da asco. Quiero decir que eso no es ningún descubrimiento.

Mamá volvió a decirlo.

—No sé cómo no le da asco la sangre.

Decía no sé cómo no le da, pero debería haber dicho no sé cómo no le daba, porque cuando le enseñaron las fotos él ya estaba muerto. En otra foto. Pero ésa no se la enseñaron.

—Pobre gente, están hechos una pena.

Estaba mirando las fotos de la policía. Los policías le trajeron mil fotos de los dos muertos, como quien dice: Vea, señora, que no hemos tenido más remedio.

Mi madre le daba vueltas a la foto. Como esos cuadros abstractos que no sabe uno cómo ponerlos. Mi hermano le había disparado en la cara. Yo al principio no quise ver las fotos pero luego las vi. No eran nada agradables, me costó relacionarle a él con aquellas fotos. Él era más guapo que la hostia.

Por cierto, no tengo nada contra la pintura abstracta. Me encanta. En realidad lo que no soporto es la pintura realista. En el colegio nos llevaron a ver una exposición de Antonio López y casi me muero. No he visto nada más feo en mi vida.

Sé que los que saben de arte nunca dicen que nada es feo. Pero aquello era feo. De verdad. Feo como un demonio.

Mi madre seguía hablando sola.

—Y esa ropa que lleva...

A mi madre le parece que hay una relación directa entre llevar los vaqueros rotos y matar a la gente.

La policía seguía pasándole fotos por delante de las narices. Hacían como que la compadecían, pero en el fondo pensaban que ella tenía algo de culpa, que todos teníamos algo de culpa.

Había uno en la puerta con cara de bueno, era el único que iba de uniforme.

—Es que unos chicos sin padre...

No paraba de mirarme. Dijo eso del padre mirándome. Como diciendo, señora, éste es el próximo, si quiere se lo mato ya y acabamos antes.

Si hay algo que me revienta es la historia esta del padre. Conozco a un millón de imbéciles que tienen padre. La gente dice estas cosas sin pensar y se creen que con eso ya se explica todo. No tiene padre y es un asesino, como el que dice, vive en una casa de ladrillo visto y es bombero.

Brillantes razonamientos de policía.

Más fotos. A mi madre la estaban volviendo loca a la pobre.

—Fíjese, señora, un disparo en plena cara, un hombre con familia. Es una vergüenza.

—Ya lo sé, hijo, ya lo sé.

No sabía lo que se decía, el policía era por lo menos diez años mayor que ella.

Mi madre es muy joven, y muy guapa.

—A éste habrá que atarlo corto.

Yo estaba sentado en un rincón y no decía nada. Me escurría del sillón de piel y casi me caía al suelo, pero no me atrevía a abrir la boca.

Aquello era como cuando en una casa hay dos gatos y uno se acaba de comer al canario. Yo era el segundo gato.

Y el mundo está lleno de canarios.

5

—Puede que sea yo el que te mate.

No había acabado de decirlo y ya le había volado la gorra al vigilante. Un solo disparo, el primero. Casi sin querer.

El vigilante cayó hacia atrás, tenía la cara llena de humo. Después de eso, ya no se movió mucho más.

Yo no sé si ustedes han estado alguna vez en uno de esos sitios en los que se puede comprar de todo; revistas extranjeras, whisky, flores, latas de sopa, películas de vídeo. Da igual, el caso es que los vigilantes de estos sitios son los tíos más gilipollas del mundo.

La cosa funciona así; te compras algo, te dan un ticket, entras en el bar a tomarte algo, pierdes el ticket, tratas de salir del local, te agarra el guardia, te pide el ticket, no lo tienes, te menea, luego tú le miras con ganas de matarlo.

Él le añadió algo.

Sacas una automática, una pistola negra como un demonio, y le vuelas la cabeza.

6

Lo mejor de todo era cómo conducía. Nadie podía conducir como él, fue lo único que aprendió a la primera. Daba trompos, como en las películas. Era como si lo llevara en la sangre. Aunque sé que no lo llevaba, en la sangre digo, porque mi madre conduce fatal. Sabía siempre lo que iba a hacer el coche, por eso, aunque pareciera que se estrellaba, nunca se estrellaba. Por eso al final te sentías más seguro con él que con nadie.

—Espérate a esa curva.

Yo ya tenía la tripa en las orejas, apuró la frenada al máximo y luego se subió en la curva como el que se sube en una ola.

Por un segundo nos pusimos sobre dos ruedas.

—Dios, ¿lo has visto? ¿Lo has visto, enano?

Enano era como él me llamaba siempre. No me hace mucha gracia, pero así es como me llamaba.

No por mi estatura, con dos años menos era casi como él. El coche de mamá fue perdiendo velocidad hasta que se paró del todo. Justo delante de una tienda de discos. Me había prometido que me llevaría a comprar discos. Ya habíamos llegado.

—No tengas miedo, no pasa nada.

Eso era muy suyo, primero te reventaba y luego te reanimaba.

Entramos en la tienda, tenían todos los discos, incluso algunos viejos que hacía tiempo andábamos buscando. En lo de los discos éramos uno, nos gustaba exactamente lo mismo, él sabía más que yo, pero si yo descubría un grupo nuevo era casi imposible que a él no le matara.

Teníamos poco dinero y nos llevamos sólo el último de Nirvana. Poco después pasó lo de Kurt Cobain, y a los diez días lo nuestro. Por eso se empeñaron en liarlo todo, cuando lo cierto es que una cosa y otra no tienen nada que ver.

Deberían haber visto qué clase de preguntas me hacían.

No creo que eso se le pueda hacer a un niño. «Tu hermano el asesino», me decían, como si nada, como si uno pudiera oír eso y quedarse tan fresco.

«La sangre derramada por el ángel de la muerte», y sólo porque era guapo. Les reventaba que fuera guapo, como era un monstruo tenía que ser feo. Así era como entendían ellos las cosas.

Algo que nunca les dije: Señores de la televisión, váyanse ustedes a la mierda.

El día que supimos lo de Cobain, tres días después de que se disparara en la boca, mi hermano me dijo:

—Hay muchas maneras de acabar con un buen chico, algunas se ven y otras no hay modo de verlas.

7

—A que no saltas desde la rama.

—No.

Mi hermano era un genio evitando desafíos.

—¿Por qué no os vais los dos de una puta vez?

El otro niño cogió un palo y lo meneó delante de mí para asustarme. Como el que asusta a un perro.

Él se le echó encima tan deprisa que apenas le vi. Luego rodaron los dos por el suelo. Después el otro gritó como si le estuvieran estrangulando. La verdad es que le estaba estrangulando. Cuando les separaron, mi hermano me miró, estaba contento. Yo también. Sabía que, pasara lo que pasara, podía contar con él. Luego vienen ésos con sus cucharas gigantes a revolver la mierda, y quieren que uno encima ayude.

Yo por mamá hice todo lo que pude, estaba hecha polvo la pobre, pero nadie podrá decir jamás que hablé mal de mi hermano.

En el informativo semanal nos dedicaron casi media hora. Mamá estaba estupenda, parecía una actriz de cine. Yo llevaba una cazadora de cuero que era de él y me estaba un poco grande. Nos sentaron en un plató lleno de gente. La gente aplaudió al vernos, a mi madre y a mí, luego siguieron aplaudiendo cada vez que mamá o yo o la presentadora del programa hablaba con un tono de voz lo suficientemente alto.

—¿Quién le asegura a usted que el hermano del ángel de la muerte no es también un monstruo?

Aplausos.

Mi madre me miró, esperando que yo respondiera a la pregunta. Luego la cámara me enfocó y yo fui incapaz de decir nada.

8

Había mucho más que ver. La montaña detrás de la duna y luego el mar.

—Si no subes aquí no tienes alma, si no llegas no vales, si te rajas te mueres, si te caes te pierdes.

Estaba contento. Ella me lo dijo. Me dijo: Nunca nadie le ha visto tan contento.

Llevaba sus botas de cuero y le costaba bastante andar por la arena. Ella vestía unos vaqueros cortados y una camiseta azul desteñido, cortísima. La verdad es que es muy guapa. Pelirroja, con las piernas muy largas. Él era un poco más bajo que ella.

Tenía las tetas pequeñas. Todavía las tiene. Como una niña. Eso también me lo dijo ella y luego las vi, porque ella me las enseñó.

Ahora no sé si ella le quería o si sólo iba detrás de él porque era guapísimo y porque conducía como un loco y porque mataba a la gente.

Había muchas cosas que él hacía que nadie más hacía, claro que había muchas cosas que todo el mundo hacía y que él era incapaz de hacer.

Siguió escalando la duna, el mar era más grande que nada, le encantaba el mar, lo que no soportaba era la playa. Le gustaba el agua y la arena pero no le gustaba la mayoría de la gente.

La gente buena sí, con eso también se confundieron, a él la buena gente le volvía loco, era capaz de tirarse horas y horas hablando con gente buena que no conocía de nada. Horas y horas. Ni siquiera conmigo hablaba horas y horas.

Luego dijeron que a él la gente, en general, le molestaba.

Una mentira como una casa.

Pero ya me voy acostumbrando.

Cayó rodando por la duna hasta el mar. Se metió en el agua con botas, hacía un calor del demonio pero él siempre llevaba botas. El agua le llegaba hasta la cintura, luego una ola le pasó por encima. Llevaba sus vaqueros negros, una camiseta de pico negra y sus botas de cuero. Nadie le había visto nunca tan guapo. Eso fue lo que ella me dijo.

—No te vas a secar nunca.

—No quiero secarme, quiero ahogarme, no quiero ser un ahogado seco, quiero ser un ahogado mojado.

Ella me dijo también que aunque no sabía muy bien si le quería, en ese momento le quiso, aunque cuando él la sacó de una patada del coche le dejó de querer para siempre.

Cuando ella llegó al final de la duna vio la montaña y luego le vio a él en el agua y fue entonces cuando pensó, y aún lo jura, que nadie en el mundo le había visto tan guapo.

Después se tumbaron en la arena.

—No pensé que fueras tan buen nadador. Tienes un cuerpo extraño.

—¿Cómo de extraño?

—Como un deportista cansado o como un vago fuerte.

—Ése es el cuerpo que quiero tener.

Estaba la hostia de orgulloso.

Ella no le quería mucho. Quiero decir que no hubiera dado la vida por él y todo eso, pero, según me contó, en algunos momentos como ése pensó de verdad que no había un chico más guapo en el mundo entero.

Empezaron a comer. Se habían llevado queso y jamón y pan y seis cervezas. Él tuvo que salir del agua, ir hasta el coche y traerlo todo. Subió y bajó la duna dos veces. Ella estaba cansada. Era también muy guapa. Primero ella me lo dijo y luego yo mismo lo vi, o al mismo tiempo, o antes. Ella me dijo: Yo soy muy guapa, por eso él me llevaba.

No era mala chica. Estaba un poco loca, eso sí. Luego todas las cartas y la televisión, las fotos, todo eso acabó de trastornarla. Al final hablaba como una estrella, o era una estrella o al menos parecía una estrella.

No sé, luego fue todo tan raro que supongo que cada uno hacía lo que podía.

—¿Qué vas a hacer ahora?

Él estaba tumbado en la arena y no tenía ganas de hacer nada.

—Voy a secarme.

Como había disparado sobre alguien, sobre una persona con nombre y apellidos, con hijos y mujer y madre, como había hecho eso, todo el mundo esperaba de él una determinación inquebrantable, lo que se dice un destino, pero la verdad es que no sabía hacia dónde iba a llevarle el próximo paso.

Sólo quería secarse, porque se anda muy incómodo con las botas y los vaqueros mojados.

Se bebió cinco cervezas, comió un poco de queso con un poco de pan, ni siquiera probó el jamón. Ella comió aún menos.

Estaba un poco borracho cuando dijo:

—A partir de aquí será todo cuesta abajo.

9

—¿Qué te parece esto?

Tenía los puños apoyados en el suelo y elevaba el cuerpo con las piernas extendidas formando un ángulo recto.

—¡Inténtalo!

—¡Lo estoy intentando, demonio!

Yo lo estaba intentando, de verdad, pero no podía.

—No te rías, hombre, si te ríes se te va la fuerza.

No me estaba riendo, pero bastaba que dijera eso para que empezara a troncharme de risa. Él lo sabía.

—Cállate, déjame en paz...

—Que no te rías, hombre, que no te rías. ¿Sabes cuál es tu problema?

—No, pero supongo que tú me lo vas a decir.

—Pues sí señor, tu problema es que te ríes demasiado.

Él también se reía, pero seguía con el cuerpo en el aire como si nada.

—Tú también te ríes.

—No señor, yo no.

—Sí señor, tú sí.

Cada vez se reía más, comenzaron a temblarle las piernas.

—El señor Bruce Lee también se ríe.

—No, eso no, el señor Bruce Lee no.

—Sí que se ríe, sí.

No pudo aguantar más, se quedó en el suelo muerto de risa, yo también me reía. Hacíamos un ruido tremendo. Mamá preguntó desde el salón si nos pasaba algo. Luego él se fue a duchar, después me duché yo. Me vestí a todo correr porque quería que me llevara al centro comercial. Había quedado con unos amigos. Pensábamos ir al cine. Mamá le dejaba el coche aunque aún no tenía la edad. Todo el mundo sabía que él conducía mejor que nadie. No le dejaba el coche por la noche ni para ir muy lejos, pero para ir al centro comercial sí.

—Te juro que esta vez me largo sin ti.

Decía eso, pero luego nunca se marchaba sin mí.

—¡Ya estoy!

Bajamos por las escaleras hasta la calle. Él llevaba unas botas de cuero negras y yo también. Hacíamos muchísimo ruido con esas botas. Más de una vez habían subido los vecinos a quejarse, pero mamá no les hacía ni caso. A ella le gustaba que hiciéramos ruido. A un hombre hay que oírlo. Ésa es su naturaleza. Nunca te fíes de un hombre que no hace ruido.

Eso es lo que ella decía siempre.

Yo a él le llamaba Bruce Lee a veces porque sabía que le encantaba. A los dos nos encantaba. En realidad sólo habíamos visto una de sus películas, en vídeo, pero nos dejó a los dos fascinados. Mi hermano se había empeñado desde entonces en tener un cuerpo como el de Bruce Lee, delgado pero musculoso, con músculos poco abultados y un abdomen bien dibujado, y la verdad es que poco a poco lo iba consiguiendo.

Mi hermano no era ni mucho menos uno de esos que se matan en la clase de gimnasia, ni siquiera le interesaba mucho el deporte, sólo quería tener un buen cuerpo y estar preparado para cualquier cosa.

10

Llevaba la pistola metida en el pantalón y una camisa negra por fuera para tapar la pistola. Se había remangado mucho las mangas, un palmo por encima del codo. Siempre llevaba así las camisas. Sacó la pistola tranquilamente y le voló la cara. Nadie se movió. Ya sé que en las películas siempre hay alguno que se hace el héroe y coge el arma del vigilante y todo ese rollo: olvídense de eso, esto es la vida real y en la vida real, cuando a un tío le acaban de volar la cabeza a menos de dos metros, todos los demás se quedan tan quietos como estatuas de piedra. ¡Nos ha jodido! La gente no sabía ni lo que había visto. Unos decían que eran seis, otros decían que era uno solo, nadie tuvo valor para mirarle a la cara. Una señora hasta dijo que estaba segura de que era un hombre horrible, ¡horrible! ¡Mi hermano! Casi me muero de risa.

—Como todos ustedes sabrán, este tipo al que acabo de cargarme no le hacía bien a nadie. No era bueno. Así que espero que no saquemos las cosas de quicio. Yo, personalmente, pienso marcharme de aquí lo antes posible, si no hacen ustedes ninguna tontería podrán seguir empleando la tarde y el resto de sus vidas en lo que mejor les parezca.

Hablaba muy bien. Impresionaba.

Salió a la calle con la pistola en la mano, iba apuntando a todos aunque en realidad no apuntaba a nadie. Se subió en un coche del que estaba a medio bajarse una familia. El padre y la madre ya estaban fuera. Había una chica en el asiento de atrás pintándose los labios.

—Qué tal si me da usted las llaves.

El tío se las dio, porque vio la pistola, claro.

Se metió en el coche y al mirar por el espejo retrovisor la vio a ella.

—¡Sal del coche!

—No.

No podía pasarse el día discutiendo, así que arrancó y se largó de allí a toda prisa. El coche hizo ruido al derrapar, como en el cine. Era la primera cosa que robaba en su vida. Un BMW nuevecito, el orgullo de la ingeniería alemana, con una chica en el asiento de atrás.

Una chica muy guapa.

—¿Por qué no te has bajado?

—Mi padre me pega.

—A lo mejor tenía que habérmelo cargado a él también.

—No, es mejor así. Si mi padre muere, pensaré que es culpa mía y seré desgraciada para siempre. Le he pedido a Dios más de un millón de veces que le deje tetrapléjico, pero ni caso.

—Dios no existe.

—Eso lo explica todo.

Ella pasó por encima del asiento y se sentó junto a él.

Se quedó un buen rato mirándole. Nunca había visto a nadie conducir así en su vida. Yo no digo que su padre no le pegara, eso era verdad, le pegaba fuerte y le pegó aún más fuerte después, lo que digo es que ella se quedó en el coche porque nada más verle se enamoró de él como una tonta.

—Sabía que sería así. No ha aparecido ni un policía.

Redujo la velocidad y condujo por la ciudad tranquilamente.

—No te preocupes por eso, ya aparecerán.

Por una vez tenía razón.

—Tengo que irme lejos, todo lo lejos que pueda, así que será mejor que te deje en alguna parte.

—Todo lo lejos que puedas me suena estupendo. Me quedo.

A él no le apetecía nada llevarla, pero la verdad es que era muy guapa.

Siguió conduciendo en silencio, no quería que ella pensase que había aceptado, aunque él sabía que había aceptado.

Condujo el coche hasta la carretera de la costa. Como no estaba acostumbrado a andar por el centro, se perdió varias veces. Ella le ayudó un poco.

Creo que él no sabía muy bien lo que hacía. Sólo quería conducir y conducir y no volver nunca a ningún sitio. Él en realidad no era un asesino. Leía muchísimo. Era más bien un poeta.

—¿De dónde has sacado esa pistola?

—Me la encontré.

—Venga ya...

—Te lo juro, la encontré en un contenedor de basura, sólo tiene tres balas. Bueno, ahora dos.

—¿Has matado a alguien?

—Creo que sí, al vigilante de la tienda esa, pero ha sido un poco culpa suya.

—No lo dudo. Llevo años yendo a ese sitio a comprar, Dios sabe la de dinero que me habré gastado allí y esos vigilantes siguen dándome el coñazo con el ticket cada vez. Como si estuviera robando.

—Yo no he robado nada en mi vida.

Ella sonrió.

—Bueno, quitando el coche, pero esto ha sido una emergencia.

Ella le miró bien y volvió a sonreír. Estaba loca por él. No era raro, las chicas le perseguían todo el tiempo. Algunas se quedaban el día entero a la puerta de casa esperando a que saliera. A él no le gustaba eso. Yo creo que de alguna manera hasta le molestaba ser tan guapo. No es que quisiera ser feo, es que para él ser guapo era otra cosa, algo bueno, no algo que se pudiera utilizar en tu provecho. No era uno de esos que se aprovechan de lo guapos que son para ir haciendo daño a las chicas.

Él era guapo, eso es todo.

—¿Cómo es?

—El qué.

—Matar a alguien.

—Bueno, es como no matar a nadie, aunque supongo que también un poco distinto.

11

—Ten cuidado con eso.

No era la primera vez que fumaba maría, pero ésta era más fuerte, hacía más efecto. Normalmente no se metía nada conmigo cerca, de hecho aquélla fue la primera y última vez que lo hizo.

—No me gusta que fumes, me oyes, y menos estas cosas. Si te vuelvo a ver te retuerzo un brazo o algo peor.

—Es buena.

—Sí, es buenísima, pero no te pases, dámelo ya, no quiero que te vuelvas tonto.

—No es la primera vez...

Hizo como si fuera a pegarme, en broma. La verdad es que no me pegaba nunca. Hiciera lo que hiciera.

—Trae aquí, enano, trae aquí.

Se lo devolví, estaba ya muy mareado, pero bien, con la cabeza bailando en algún otro sitio.

—¿Te acuerdas del astronauta aquel que dejaron colgado en el espacio? ¿Cuando se acabó Rusia?

—La Unión Soviética.

—Eso. ¿Te acuerdas que nadie quería gastarse dinero en bajarlo y lo dejaron allí dando vueltas un montón de tiempo?

—Sí, ¿y qué?

—Pues que debía de estar bastante jodido el hombre... No sé, me he acordado de él... pobre ruso.

—Me imagino que ahora no sube ni las escaleras.

—No, ni las escaleras...

—No debe de tener ni tacón en los zapatos.

—Ni tacón en los zapatos...

—Seguro que no se aleja de su casa ni para comprar el periódico.

—No, ni eso, seguro que se ha encadenado a la nevera...

—A ése ya no le vuelven a dejar colgado.

De pronto empecé a bailar, no sé por qué, me dio por ahí. Y eso que yo odio bailar. No bailo nunca. Bueno, esa vez sí. Él se mondaba.

—Sigue, sigue...

Yo seguía, daba vueltas, movía los brazos, hacía el loco. No soy un bailarín profesional. A él le encantaba.

—¡El baile del ruso! ¡El baile del ruso al que nadie quiere!

Como me animaba, yo seguía.

—¿Quién te quiere, ruso?

—Nadie, nadie...

—¿Quién te va a sacar de ahí?

—Nadie, nadie.

—¿Cómo estás, ruso?

—Solo, solo.

12

Era nuestra casa, por eso me pareció mal. Nadie puede entrar en una casa que no es suya y hablar como ese hombre lo hizo.

—Todo eso está muy bien, señora, pero mientras usted llora su hijo está saltándole los cojones a alguien, y, si no me ayuda, le juro que van a tener problemas; usted, el mierda ese —lo decía por mí— y toda su maldita familia.

—No sé qué decirle, no sé dónde puede estar, no sé nada...

—Me cago en Dios, esta tía es tonta.

Había dos policías en la cocina, mamá les había invitado a pasar al salón pero no les había dado tiempo a llegar. Se pusieron a insultarla allí mismo. Mamá estaba de pie, junto a la lavadora, ellos se habían sentado. Yo estaba en la puerta, medio dentro medio fuera. No me atrevía a largarme y desde luego no quería entrar. Uno de los policías me llamó. No el que insultaba a mamá, el otro.

—Tú, ven aquí.

No me moví.

—Tú sabes que tu hermano ha hecho algo horrible y que tenemos que encontrarle antes de que haga algo aún peor.

El otro le interrumpió.

—¿Algo aún peor? ¿Peor que dispararle a un pobre hombre que no ha hecho nada, un inocente, un padre...?

Me costaba creer que él le hubiera disparado a alguien que no había hecho nada.

El policía siguió hablando, el tranquilo, digo.

—Sólo queremos encontrarle antes de que se haga daño.

El nervioso volvió a interrumpirle, la verdad es que no dejaba hablar a nadie.

—¡Anda! ¡Ésta sí que es la hostia!

Se levantó de la silla de un salto.

—Que se haga daño, no te jode, a mí me la trae floja que se haga daño, como si se muere, lo que tengo que evitar es que vuelva a ponerle la pistola en la cara a otro inocente.

El policía tranquilo me miró como si los dos comprendiéramos algo al mismo tiempo. La verdad es que lo hacían bien, pero no me la daban. Ya había visto eso en las películas. Uno hace de poli bueno y el otro hace de poli malo. El poli malo te asusta y entonces vas tú y se lo cuentas todo al poli bueno. Para que salve al chico y todo ese rollo. Como el policía bueno de *Thelma y Louise*, el que hacía Harvey Keitel. Aquí el chico era mi hermano y bueno, ya vieron cómo les fue a las pobres Thelma y Louise.

A mamá sí que se la daban.

—Les digo lo que sé, no sé qué más hacer, no sé, no sé...

La verdad es que es muy guapa, pero no sabe mucho de nada. De esto tampoco. De esto, para ser honestos, nadie sabía nada. Él conducía un coche con una chica y una pistola. Ésa era toda la información disponible.

Cuando salían de casa, el poli que se hacía el bueno le dijo al que se hacía el malo:

—Ésta es una familia de tarados. Me da que vamos a tener más muertos.

En eso al menos tenían razón.

13

Él se levantó un día y grabó en una cinta todo lo que decía la gente por la calle. Teníamos un pequeño walkman con un micrófono que se podía disimular fácilmente debajo de la ropa. Se pasó el día dando vueltas, subiendo y bajando de autobuses y entrando en todos los grandes almacenes. Luego volvió a casa. Grabó cosas como: Nunca, puede que sí, a mí también me importa, todo lo que quieras y nada por ahora, sigo esperando, no creo que tenga fuerzas, ya te lo daré mañana, no hay dinero, no hay dinero, no hay dinero, vete, ven, vete, vuelve, estoy solo, ya no me importa, hemos ganado, las cosas que tú me dices, perros en las piernas y gatos en la cabeza, corre, corre, corre, demasiado tarde, demasiado pronto, haberlo dicho, otra vez solo, si no fuera tan guapo, Dios sabe que lo he intentado, nadie sabe cuánto, no me quiere, dos suspensos, un trabajo nuevo, zapatos nuevos, coche nuevo, apenas puedo mover las manos, soy joven, ya no soy tan joven, dos niños solos, ¿no serán de nadie?, qué raro, solo, nunca había visto animales en el parque, si no llueve o a lo mejor llueve... Y al principio y al final de la grabación:

Te quiero, ya no te quiero.

14

Para alguien que no se haya fijado nunca en que existen botas con la punta redonda y otras realmente puntiagudas, y que además hay botas de cuero bueno y otras que parecen de plástico, y que sobre todo existen botas de serpiente pitón que son la cosa más bonita del mundo y que nada más verlas se le van a uno los ojos, sin remedio, y se marea y siente que no se puede ser feliz ni nada parecido, ni siquiera estar contento, si no va uno por el mundo dentro de esas botas, para el que no sepa nada de esto, lo que sigue y lo de antes y toda esta maldita historia le parecerá una cosa de locos.

—¿De dónde has sacado esas botas?

Él se subió un poco la pernera del pantalón. Poco, porque llevaba los vaqueros negros muy ajustados por debajo.

—¿Te gustan?

Lo preguntaba por preguntar, porque nadie en el mundo podía dejar de morirse por esas botas y porque le encantaba que le dijeran lo preciosas que eran. No se cansaba de oírlo. Si no había nadie cerca, se lo decía él solo.

—Son la cosa más bonita que he visto en mi vida.

Sonrió de oreja a oreja. Estaba la hostia de orgulloso de sus botas.

—¿Matarías a un niño?

Se bajó la pernera del pantalón y dejó de sonreír inmediatamente.

—No, a un niño no.

—¿Y a una mujer?

—No, bueno... No sé, depende, una mujer y un hombre son lo mismo al fin y al cabo... En realidad nunca había pensado en matar a nadie.

—Pero lo has hecho.

Ella hablaba de matar y de morirse como quien habla de lo que se va a poner para ir al baile. No sabía lo que decía.

—Sí, lo he hecho, esta vida es muy rara, parece que va hacia un lado y de pronto va hacia otro, lo ves, estás dentro, pero no puedes hacer nada para cambiarlo, como si caminaras sobre caballos desbocados.

—¿Matarías a un animal?

—Depende de qué animal, y de lo que estuviera haciendo...

—Un caballo, ¿matarías a un caballo desbocado?

—Era una metáfora.

—Ya sé que era una metáfora. ¿Crees que soy tonta? Y un perro. ¿Lo matarías?

—No.

—Y si te encontraras con un perro que se está comiendo a un niño, ¿matarías al perro?

—Dispararía al aire. Asustaría al perro y salvaría al niño.

—¿Sabes que eres muy buen chico para ser un asesino?

Después de decir eso, saltó sobre el asiento de atrás para buscar algo en su bolso. Sacó unas gafas de sol, se las puso y volvió a saltar sobre el asiento delantero. Llevaba unos vaqueros cortados y tenía unas bonitas piernas. Él miró un momento cómo sus piernas hacían acrobacias dentro del coche y volvió a poner los ojos en la carretera.

Como todo conductor experto, sabía que un solo momento de distracción podía resultar fatal, pero es que eran unas piernas preciosas.

15

La bala entró por la mejilla, justo por encima de la sonrisa, y después siguió subiendo hasta el cerebro, al salir se llevó la gorra.

El guardia estaba en el suelo pataleando, ya sabemos que nadie se movió, si somos honestos, no creo que estos guardias le caigan bien a nadie, en cualquier caso no pataleó mucho, enseguida se estiró como un arco, como un arco sin flecha, un arco inútil.

Estaba muerto.

Que tu hermano mate a alguien no deja de ser una experiencia. No es como leerlo en el periódico. El horror pasa a formar parte de la familia y eso lo cambia todo. Al muerto no le conoce uno de nada, pero al asesino sí. No digo que esté bien, no quiero que nadie se confunda, sólo digo que cada pistola tiene dos lados y a cada lado hay una persona y que si se explica bien la historia, no como la contaron en televisión, la canción suena de otra forma. Aunque, eso sí, sigue siendo una canción llena de muertos.

Después de que el tío dejara de moverse, la gente que había alrededor dejó de parecer muerta. A mi hermano ya no se le veía. Había volado, así que todo el mundo empezó a inventarse rápidamente una historia alternativa en la que ellos tenían más papel, de manera que no se pudiese recrear la desgracia sin contar con ellos. Una señora llegó a decir que eran seis, pero que sólo pudo agarrar a uno y que éste, encima, se le escapó. Otro dijo que eran dos chinos, y sólo una mujer de unos cuarenta, bastante imponente, acertó al decir que el que disparaba estaba muy bueno. Suena a chiste, pero esa misma tarde detuvieron a doce chinos y cinco tíos bastante guapos.

Ninguno de ellos se le parecía.

La verdad es que si no hubiese sido horrible hubiera sido divertido. Me refiero al primer asesinato, y a todas esas personas que salían por televisión contando lo que no habían visto en absoluto y olvidando lo que de verdad había pasado, agarrándose desesperadamente a esa imprevista desgracia que les había convertido por un momento en héroes del telediario. Creyéndose realmente que la pistola de mi hermano iba a librarles de sus vidas.

Es como toda esa gente que vive en California esperando los terremotos.

16

—¿Qué te parezco?

Ella se había quitado la camiseta y tenía sus dos pequeñas tetas al aire. Eran dos tetitas preciosas.

—Eres muy guapa.

—¿Y ya está? ¿Sólo muy guapa? Eso ya me lo podías haber dicho antes. ¿Qué te parece esto?

Movió sus dos cositas, pero él ni las vio, bueno, un poco sí, pero hizo como si estuviera muy ocupado con la carretera.

—¿No puedes ir más despacio? O mejor, por qué no paras y hacemos algo.

—Aún no, cuando estemos seguros pararé y haremos lo que quieras.

—Cuando estemos seguros. Yo no estoy segura, me has raptado y eres un asesino y un ladrón de coches y Dios sabe qué más.

—Dios no existe.

—¡Y un ateo! Eres un asesino, raptor, ladrón, ateo y probablemente un violador.

Él sonreía. Tenía aún sus tetitas al aire y era bastante graciosa.

—¡Socorro, socorro, que alguien me salve del violador ateo!

Se asomaba por la ventanilla para gritar, desnuda de cintura para arriba y casi de cintura para abajo, con esos pequeños pantalones vaqueros.

—¡Socorro, socorro! ¡El ladrón, asesino, violador y ateo se quiere apoderar de mi cuerpo!

Él fingió ponerse serio.

—Y de tu alma.

17

Yo creo que no sabían dónde coño estaban, pero eso era un mar de trigo, un mar de trigo enorme, y cuando se subieron encima del coche, él con sus vaqueros negros ajustados y sus botas de piel de serpiente y ella con sus pantalones cortos y su cuerpo más bonito que nada, cuando los dos pensaron así es como debería ser siempre y así es precisamente como nunca salen las cosas, cuando se metieron hasta el fondo del trigo, cuando todo lo que podían ver era trigo y nada más que trigo, cuando pensaron que se querían o él pensó que la quería o incluso ella lo pensó, mientras todo el mundo pensaba otra cosa, algo con lo que había que acabar aun cuando ni siquiera había empezado, cuando todo el mundo metió su puñetera cara en el trigo para ver qué era lo que hacían, entonces, justo entonces, ellos sacaron la cara y el cuerpo y todo su amor del trigo y se subieron al coche y arrancaron y no volvieron a mirar hacia atrás nunca más.

En la radio sonaba *Let Me Get into Your Fire*.

Él dijo:

—Antes de Hendrix no había nada.

Después los dos se ajustaron el cinturón de seguridad.

Ella dijo:

—En estos coches europeos no hay manera de matarse.

Visto desde muy atrás el trigo crecía y ellos se hacían cada vez más pequeños.

Las nubes mientras tanto se parecían a todas las cosas y realmente a ninguna.

18

Nada, pero absolutamente nada está muerto hasta que deja de moverse.

—Ya no se mueve.

—No. No se mueve nada.

Le pegó una patada en la cara. Aunque en realidad no, sólo trataba de saber si estaba vivo.

—Sigue sin moverse.

Metió la puntera de su bota debajo de la oreja del muerto y tiró hacia arriba. La cabeza dio un saltito pequeño y luego se quedó donde estaba.

—Creo que se ha muerto.

Estaba más asustada que un pajarito en el infierno. Cualquiera se hubiera asustado. Quiero decir que no era nada raro. Mi hermano mataba a la gente y era normal que uno se asustase. Ella se asustaba, yo me asustaba, todo el mundo se asustaba.

—Vámonos de aquí.

Se metieron los dos en el coche. Él arrancó y condujo sin decir nada, hasta que todo estuvo tan lejos que no parecía real.

—¿Conoces esta canción?

Empezó a cantar algo de Lennon, *Woman Is the Nigger of the World*.

—No, pero es bonito.

Después se callaron y siguieron callados un buen rato. Todo pasaba a través de las ventanillas, un mundo entero: casas, ríos, fábricas. Todo tenía algo que ver con lo demás. Se podía esperar algo de cada campo verde lleno de árboles extraños y podía no esperarse nada de todo el paquete.

—¿Me quieres?

Estaba desnuda otra vez. Era preciosa, ya lo he dicho. Él no sabía dónde mirar.

—Claro que te quiero.

—¿Puedo contar con tu palabra de violador asesino?

—Sí.

Le enseñó una mata de pelo rojo, muy rizado y bien perfilado como un césped rojo. Un pequeño incendio silencioso.

—¿Ves esto?

No había forma humana de no verlo.

—Esto es todo lo que tengo y esto es todo lo que voy a darte.

En ese momento un camión pasó frente a ellos tan cerca que él tuvo que girar el volante violentamente. El coche hizo varias eses y luego mi hermano dijo:

—Es tan bonito que parece mentira que sea sólo tuyo.

Ella volvió a guardarlo como quien guarda un tesoro.

—Así está mejor.

Por lo que dijeron en la televisión, a esas alturas ya se les daba por muertos.

19

Ella estaba cantando algo, de Sonic Youth creo, hacía ruido con la boca imitando las guitarras distorsionadas. Cantaba un poco de la letra y luego hacía lo de las guitarras. No le salía nada mal. Cuando terminó la canción se quedó muy seria, como si hubiese recordado algo triste.

—¿Sabes qué?

Él no podía saberlo, así que ni siquiera contestó.

—Un día vi en televisión un documental sobre skinheads. Esos que llevan la cabeza rapada y que son la gente más asquerosa del mundo.

—Sé quiénes son, aunque preferiría no saberlo.

—Ya, no es que sean muy simpáticos, el caso es que el documental trataba de una banda que vivía en Alabama. Eran todos niños, algunos no tenían ni diez años, otros eran un poco mayores, llevaban tatuajes con esvásticas y botas y tirantes y camisetas de Hitler y todo eso. Vivían con un loco que se llamaba Riccio o algo así, que era viejo y que les cuidaba a todos y les ponía vídeos de la guerra mundial y los volvía tan locos como él. Eran como una familia loca.

—Eran como una gran mierda.

—Eso también. Lo que me llamó la atención es que todos los niños se habían escapado de sus padres porque sus padres les pegaban y les trataban fatal y todos decían que aquel loco nazi era muy bueno con ellos y todos se querían mucho aunque odiaban a muerte a los judíos y a los negros, eso sí. Primero nadie les quería y luego estaban todos en fila esperando sus pistolas.

—Es una historia muy vieja, no tienes que creértela al pie de la letra. Ha habido hijoputas de ésos toda la vida.

—Yo no me creo nada, sólo digo que los perros apaleados son los que muerden.

—Sí, pero casi nunca a su dueño.

Después aceleró, tomó un par de curvas realmente rápido como si quisiera asustarse a sí mismo, luego en la recta puso el coche al máximo, creo que no le hubiera importado matarse allí mismo, en ese mismo momento. Estaba harto. Harto de oír hablar de todo. Harto de explicaciones. Harto de que las cosas fueran inevitables. Harto de que nada pudiese ser de otra manera.

Sacó la cabeza por la ventanilla y dejó que el viento le sacudiese en la cara. Iba tan deprisa que casi no podía respirar.

Todos somos uno

20

—A mí en el fondo me da igual que vaya por ahí cargándose gente. Yo también maté a un tío hace algún tiempo, pero a mí me dejan. Es la ley. Yo puedo y él no. Es raro, ¿verdad? No quiero cogerle pero tengo que cogerle. ¿Lo entiendes?

Después del policía bueno y el policía malo habían mandado al policía listo y al policía tonto. Éste era el listo.

—Joder, qué cosas dices...

Éste era el tonto.

—¿Todos estos libros son suyos?

El listo me caía bien, se parecía un poco a Harry Dean Stanton.

—Sí, lee mucho, también escribe. Poesía.

—Ya, no es ningún estúpido, eso lo hará todo un poco más difícil.

Ojeaba los libros con mucho interés, los otros policías habían pasado por delante de los libros como quien pasa al lado de una pared de ladrillos. Sólo querían encontrar drogas o armas o revistas de tíos desnudos. Estaban convencidos de que era marica sólo porque les jodía que fuera tan guapo. Preferían pensar que sus hijas estaban a salvo.

—Oye, niño, ¿tú no sabrás por dónde anda?

El tonto.

—No, señor, yo no sé nada, yo lo poco que sabía se lo he dicho ya mil veces a todo el mundo.

Era cierto, estaba empezando a cansarme de tanta visita y tantas preguntas. Que tu hermano sea un criminal acaba siendo una lata.

—A mí en realidad me gusta más leer poesía que andar persiguiendo a la gente. Uno no le cae bien a nadie con este trabajo. ¿Sabes que mi mujer me dejó porque olía a policía? Eso es lo que me dijo. Hueles a policía. ¿Te lo puedes creer? Ni siquiera sé cómo huele un policía. Ven, acércate, ¿hueles algo? ¿Huelo a basura o a pescado?, ¿a qué coño huelo? Acércate, huele, huele.

Estiró hacia mí la manga de su chaqueta, me acerqué y la olí un poco, me sentía bastante ridículo.

—¿Qué?

—No huele a nada.

Era verdad. Olía un poco a tabaco y nada más.

—No sé, ella debía de tener un olfato más fino. ¡A policía! No te jode.

El tonto mientras tanto se olía a sí mismo. Y ponía cara de estar satisfecho con su olor.

—¿Sabes una cosa? Una vez quise matar a mi mujer, pero matarla de verdad. Saqué la pistola y se la puse en la cabeza. ¿Sabes lo que se siente con una pistola apuntándote?

—No.

—¿Quieres probarlo?

Bueno, la verdad es que sentía curiosidad. Volví a acercarme. Sacó una pistola automática plateada y me la apoyó contra la sien. Estaba fría.

—Te juro que quería matarla, quería que dejara de existir, quería borrarla como si fuera un tachón o una palabra equivocada. Mi mujer era un error, un error insoportable.

Noté que el policía tonto empezaba a ponerse nervioso. Yo estaba muy tranquilo. Sabía que no tenía intención de matarme; además, cada vez se me parecía más a Harry Dean Stanton.

—Bueno, ya está bien, vamos a seguir trabajando.

Guardó el arma en su funda.

—¿La mató?

—No, hijo, no la maté. Nunca consigo hacer lo que quiero. Es la vida, tampoco quiero coger a tu hermano, porque estoy seguro de que es un chico simpático y lee poesía y además los guardias de seguridad me dan cien patadas, pero no voy a tener más remedio que ir por él y traerle por el pescuezo. A lo mejor hasta tengo que matarlo. Ya ves qué putada, quería matar a mi mujer y voy a tener que matar a tu hermano.

No me molestó que lo dijera. Es extraño, pero parecía bastante honesto y era igual igual que Harry Dean Stanton.

21

Después de disparar, pasó un segundo negro, completamente oscuro, como si se hubiera disparado en su propia cara. No sentía la mano y no sentía el peso de la pistola. Luego empezó a ver otra vez y lo primero que vio fue la cara de la gente asustada, sólo que no parecía gente, no tenían nada que ver con lo que había visto antes. Entonces se dio cuenta de que todo, la caja registradora, los botes de comida, las revistas en los expositores, cualquier cosa que mirase, todo parecía estar recién hecho, recién inventado, nuevo, eran cosas que él no conocía, que nunca había visto. Cada paso que dio hacia la salida le pareció nuevo, cada vez que respiró tuvo la sensación de respirar un aire nuevo y cuando por fin se vio en el espejo que había junto a la puerta de cristal se encontró tan diferente y tan lejanamente familiar que estuvo a punto de saludarse.

Tampoco pudo evitar ponerse un poco contento al darse cuenta de que él seguía vivo y era otro el que se había muerto.

22

—Y nos duele a todos y nos hace felices a todos, y todos lloramos y reímos juntos. ¿Por qué?

—PORQUE TODOS SOMOS UNO.

Bienvenidos al fabuloso mundo de la familia. La presentadora de *Todos somos uno* se dirigía al público en el estudio y a nosotros indistintamente, aunque casi todo el tiempo estaba mirando a la cámara. Era una de esas mujeres que de ser pobre sería fea. La ropa y el maquillaje conseguían que al primer vistazo pareciera algo, pero con una segunda mirada se desvanecía como un helado en el microondas.

Por cierto, hacía un calor de cojones.

—Si uno muere morimos todos, si uno sufre sufrimos todos, si uno mata —esto iba por nosotros— matamos todos. ¿Por qué?

El público del estudio volvió a contestar a coro.

—PORQUE TODOS SOMOS UNO.

La filosofía del programa era mantener la unidad familiar, llevaban cada semana a distintas familias que hubieran padecido una desgracia o que hubieran pasado por algo bueno y demostraban que cualquier cosa que un miembro de la familia hiciese repercutía en la vida del resto. En la presentación salían unas imágenes animadas por ordenador de unas fichas de dominó que se caían todas al tirar una.

Mamá estaba otra vez guapísima. Nos llevaban a muchos programas porque éramos una familia muy guapa. Insistían mucho en que yo tuviera aspecto de delincuente juvenil. En la sala de maquillaje me despeinaron un poco y me cambiaron la cazadora de mi hermano por una roja más vistosa pero demasiado nueva. La presentadora le dijo a la gente que era la cazadora de mi hermano. Me sentó fatal, pero no me atreví a decir nada. Yo en realidad estaba callado todo el tiempo. Mamá mientras tanto trataba de convencer a todo el mundo de que ella a pesar de todo era una buena mujer y de que yo era un buen chico y que lo de mi hermano era un caso aislado, pero nadie la creía.

PORQUE TODOS SOMOS UNO.

Mientras esperábamos a que prepararan las luces y las cámaras y a que la gente se sentara y supiera qué se esperaba de ellos, me hice bastante amigo de una niña de diez años cuyo padre se había subido desnudo al tejado y se había puesto a disparar a la gente que pasaba por la calle con una escopeta. No le acertó a nadie, pero desde entonces lo tenían encerrado en un psiquiátrico. Ella y sus dos hermanos y su madre esperaban en el pasillo.

Nosotros, que éramos la atracción principal del programa, teníamos un camerino con refrescos y una bandeja de fruta.

Le dije a la niña que si quería ver nuestro camerino y al entrar se quedó muy sorprendida de lo bonito que era.

—¿Por qué vosotros tenéis todo esto y nosotros no?

La pobre parecía muy decepcionada.

—No sé, supongo que es porque mi hermano tiene mejor puntería que tu padre.

23

—Morirse no es nada extraordinario.

El sol lo aplastaba todo, como la pata de un elefante.

—Morirse es como quedarse dentro del tren cuando ya se ha pasado tu parada.

—¿Qué coño estás diciendo?

A ella no le gustaba cuando hablaba así, a mí tampoco.

—Es algo que leí en un poema de Robert Lowell.

—¿Lees poemas?

—A veces.

—¿Escribes poemas?

—Nunca.

—¿Me escribirías uno a mí?

—No, si quieres un poema tendrás que escribírtelo tú, yo ya tengo suficiente con esto.

Levantó la camisa y por un momento apareció la pistola, luego bajó la camisa y la pistola volvió a esconderse. Alguien saludó con la mano desde la carretera. Cien pájaros empezaron a dar vueltas alrededor de un poste de luz y luego cien murciélagos, hasta que se hizo de noche y ya no se veía nada.

—Ya no se ve nada.

Puso las largas y se dieron cuenta de que un poco más adelante tampoco había nada. Pasaron por delante de un coche de la policía. Ellos iban deprisa y los policías estaban quietos.

—Nunca nos cogerán.

Ella no sabía lo que decía y él sabía que ella no sabía lo que decía.

—No sabes lo que dices.

Ella le dio un beso y por un momento no pudo ver la carretera, sintió su lengua dentro de su boca y notó algo raro en la punta de la polla, como cuando le tocas el hocico a un perro.

Cuando se pararon en el arcén era tan de noche y estaba tan oscuro que podrían haber sido cualquiera, en cualquier coche. Todo lo que decían y todo lo que hacían desaparecía como si no fueran nada y no dijeran nada.

Luego ella dijo:

—Te quiero.

Y después, enseguida, se quedaron dormidos.

24

Paró el coche a unos metros del bar porque tenía miedo de que alguien pensase que era demasiado joven para conducir. Cuando aún no había apagado el motor ella saltó fuera y se fue corriendo como una niña. Como una niña contenta, no como una niña asustada. Él pidió una cerveza y ella un helado y una Coca-Cola. Hacía mucho calor. El bar estaba casi vacío. Sólo había un señor mayor con pinta de viajante comiendo en una mesa. Con la pinta que tienen los viajantes en las películas. Él se acabó la cerveza y pidió otra. Le encantaba la cerveza, podía beber mil litros sin emborracharse. Ella seguía con su helado, estaba mirando las torres giratorias de casetes y cedés que tienen siempre en los sitios de carretera. Él la estaba mirando a ella.

—¿Vais de viaje?

No le apetecía nada hablar, pero le parecía raro no contestar al camarero.

—Sí, vamos de viaje.

—¿Y adónde vais?

Esta vez contestó ella.

—A Checoslovaquia.

—¡Hostia! Sí que vais lejos.

Él se reía, ella volvió a su lado y le dio un beso en la cara.

—Nos vamos a casar en Praga.

—Sí, vamos a Praga a casarnos.

A él normalmente no le gustaba mucho hacer el tonto, pero con ella le parecía divertido.

—¿No sois un poco jóvenes para casaros?

—Es que no vamos a casarnos inmediatamente. Iremos a Praga y nos sentaremos tranquilamente a esperar la llegada de la madurez, luego daremos el paso definitivo que habrá de convertir dos caminos en un solo destino.

Supongo que a esas alturas el camarero ya intuía que le estaban tomando el pelo, pero estaba demasiado aburrido y era demasiado estúpido para dejar de incordiar.

—Ah, eso está bien. ¿Y por qué en Praga, por qué no esperáis aquí?

—Porque allí es donde espera Kafka.

El camarero se dio la vuelta y se puso a hacer muchas cosas a la vez como si estuviera muy ocupado, como si nunca hubiera hablado con ellos.

Ella pagó las cervezas, la Coca-Cola y el helado y luego él compró un par de latas más.

—Tengo dinero, puedes dejar que lo pague yo todo. Ayer fue mi cumpleaños y mi padre me ha dado un dineral como regalo. Dice que me da dinero porque no sabe lo que quiero.

—Supongo que lo que quieres es que no vuelva a ponerte la mano encima.

—Eso es, pero él prefiere pegarme primero y pagarme después. Creo que tiene más dinero que paciencia.

Él se fue hasta un pequeño puesto que había junto a las casetes y los compact discs y volvió con un sombrero rosa con una flor de papel encima. Era un sombrero bastante feo, pero es que él no sabía mucho de sombreros. A ella le quedaba estupendamente.

—Feliz cumpleaños.

Ella volvió a besarle, pero esta vez en los labios.

Pagó el sombrero y se marcharon de allí dejando una buena propina. El camarero juró después delante de las cámaras de televisión que le había robado cuatro cervezas, una Coca-Cola y un sombrero rosa. Al hombre con pinta de viajante no hubo manera de encontrarlo.

25

Ella estaba desnuda y él aún tenía los pantalones puestos.

—¿No quieres tocarme?

Habían aparcado el coche cerca de un río. El agua se movía muy despacio y hacía un ruido muy pequeño.

—Supongo que sí.

Él era virgen, eso es lo que yo creo, por eso lo he dicho antes aunque tampoco puedo estar absolutamente seguro. Creo que era virgen, sé que era virgen aunque no sé por qué lo sé, a lo mejor porque yo también lo soy.

Ella empezó a desabrocharle los pantalones, yo pienso que él no se debía de sentir muy bien sin sus pantalones, sobre todo porque antes de quitárselos tenía que quitarse las botas y sé que odiaba estar sin sus botas.

—¿Te gusta?

Le estaba tocando. Ella me lo dijo. Su cuerpo era realmente bonito, el de él también, eran los dos muy guapos.

Entonces él la besó y luego siguieron tocándose y luego supongo que lo hicieron. Ella me dijo que lo hicieron. También me dijo cómo lo hicieron.

Él no podía al principio, quiero decir que no se le ponía dura, pero luego sí, sobre todo después de que ella se la metió en la boca.

Él sabía que no le quedaba mucho y la tocó por todas partes como se toca algo que ya nunca se va a volver a ver. Ella se corrió primero y después él se la metió y se corrió también, después de mucho rato y sólo porque ella le gritó:

—Échaselo todo a tu pequeña puta.

Luego le dio muchos besos en la frente y por todas partes y le acarició el pelo, sobre todo en la nuca, hasta que los dos se quedaron dormidos.

Primero él y un poco después ella.

Cuando se despertaron ella le dijo que había soñado que tenían una casa muy pequeña en mitad de un campo muy grande lleno de árboles y flores y que el cielo no era del color del cielo sino casi blanco, como si fuera a nevar a pesar de que hacía calor, no un calor insoportable sino ese calor agradable que se siente en los brazos cuando sales de un cine refrigerado en pleno verano.

Él le dijo que no podía recordar lo que había soñado pero que era frío, mucho más frío que un cine refrigerado y mucho más aún que la nieve.

Mientras se vestía con sus pantalones negros y sus botas, ella pensó que de todos los hombres que la habían tocado y entre todos los que a partir de entonces la tocarían y meterían sus cosas dentro de ella, él sería siempre el más importante. Aquel al que todos los demás temerían.

26

—¿Sabes que una vez le partí un brazo a un tío después de haberle puesto las esposas?

Era el policía listo. Había vuelto a hacernos una visita. Mamá no estaba en casa, la habían llamado de un programa de la radio sobre mujeres abandonadas por sus maridos. Después de que los oyentes conocieran su caso se lo pensarían dos veces antes de dejar a sus esposas plantadas. El poli tonto no había venido, así que estábamos los dos solos. Nos sentamos en el salón, le traje una cerveza y yo me cogí otra. No puse vasos. Bebíamos de las latas.

—No fue difícil, apoyé el pie en la espalda del tío y tiré de un brazo hasta que oí un crac. El ruido fue lo que más me impresionó. Yo nunca me he roto nada. Gritaba como un animal. Era uno de esos que molestan a los niños en los parques y pensé que se merecía por lo menos un brazo roto.

—A mí me parece justo.

—Ves, eso es algo que la gente no entiende. No puede uno permitir que vayan por ahí molestando a los niños. Los niños son sagrados.

—Eso es lo que pienso yo.

—Claro que sí, por eso no quiero coger a tu hermano. Él no les hace daño a los niños.

Yo sabía que mi hermano nunca le haría daño a un niño.

—Él nunca le haría daño a un niño.

—Lo sé, por eso no quiero tener que pegarle un tiro en la cabeza, pero es que tu hermano tiene algo raro, está un poco loco, quiero decir que está loco de una manera distinta y eso no está bien.

Se quedó en silencio un buen rato. Mirando al suelo. Luego levantó la cabeza.

—No señor, no está bien.

Se le veía muy afectado. Creo que le preocupaba de verdad. Era un hombre agradable y podía comprender bien todo lo que decía.

Fui a por otro par de cervezas. A mamá no le gustaba que bebiéramos en casa, pero la verdad es que ya me daba todo lo mismo.

Le di su cerveza, abrió la lata y después yo abrí la mía.

—Gracias. Sois una familia encantadora, y muy guapos, sois todos realmente guapos, tu madre es muy guapa, si no te importa que te lo diga.

—No, qué va.

Trataba de parecer uno de esos que ya no se sorprenden de nada. Aunque en realidad era cierto. Mi hermano asesinaba gente y yo no me sorprendía de nada.

—Muy guapos, tú también, sois todos muy guapos, y él, él es el más guapo de todos. No me hace ninguna gracia tener que matarlo.

Se quedó callado otro buen rato. Tenía la cabeza hundida entre las manos, parecía que iba a echarse a llorar.

Volvió a salir a la superficie.

—Chico, ¿tienes otra cerveza?

Me bebí lo que quedaba en la mía de un trago. Fui a la nevera y saqué otras dos.

Volví con la cerveza. Bebimos en silencio. No dijo nada más, cuando estaba en la puerta me miró como si fuéramos muy amigos. Me gustaba, estaba un poco borracho y me sentía bien. Me gustaba la idea de tener un amigo que podía partirle un brazo a la gente que me hiciera daño.

—Chico, te juro que no me va a gustar nada, pero nada, tener que llenar de agujeros a tu pobre hermano.

Me había pasado una mano por encima del hombro. Parecíamos dos viejos compañeros del colegio, o mejor, dos viejos policías.

—Lo sé, no se preocupe.

Me pareció que lo decía en serio.

27

—Si alguien quisiera matarme con un cuchillo, ¿qué harías?

—Lo mataría con mi pistola.

—Si alguien me violase por delante y por detrás y me obligara a tragármelo todo, ¿qué harías?

—Lo mataría con mi pistola.

—Si alguien me hiciese muchísimo daño, tanto que ni en mil años fuera capaz de olvidarlo, ¿qué harías?

—Lo mataría con mi pistola.

A ambos lados de la carretera había árboles y las líneas de teléfono corrían tanto como el coche. Ya no había nada que no estuviera cerca de ellos, nada fuera, nada nuevo, ni nada viejo, nada por delante y por supuesto nada, absolutamente nada, detrás.

Sólo esto.

28

Estaban en medio de un bosque. Los árboles se tiraban encima de la carretera, una carretera estrecha. Había dejado de llover y todo estaba aún mojado. Faltaba poco para que se hiciera de noche, y a esa hora todo se ve más real y a la vez más extraño.

Se bajaron del coche y empezaron a andar. Ella tenía un poco de frío, así que él se quitó la camisa negra y se la dio; llevaba una camiseta negra de pico debajo. A ella le rozaba la hierba húmeda en las piernas y a él le rozaba la hierba húmeda en las botas.

—Si sólo pudieras hacer una cosa más, ¿qué harías?

Él se quedó un rato pensando, no sé si había pensado antes en algo así.

—Nada.

—¿Nada?

—Eso es, nada.

—¿Y eso qué tiene de bueno?

—Que no tiene nada de malo.

Yo creo que ella no le entendía, miraba su cuerpo debajo de su camiseta de pico negra y pensaba que era muy guapo pero no entendía que él, realmente, lo único que quería era que le dejasen tranquilo. Quedarse fuera de todos los retos y de todas las obligaciones, de todo lo bueno y de todo lo malo.

—Nada, sí señor, eso es todo lo que le pido a la vida, nada.

—¿Nada de nada?

—Nada de nada de nada de nada de nada de nada de nada de nada de nada.

A veces se ponía imposible. Ella encontró entonces un camino y empezaron a subir, primero por unos escalones de piedra y luego por una escalera de madera mojada torcida y vieja. Tan torcida que parecía imposible que alguien se hubiera quedado tan contento después de construir una escalera tan desastrosa, tan torcida que hacía falta ser muy bruto para construir algo así, tan torcida que ella pensó que cualquiera que viviese al final de esa escalera debía de estar loco.

Detrás de la escalera había una casa, en medio del bosque, una casa tan mal hecha como la escalera, una casa de madera que se podía tirar con un estornudo. Tenía cortinas de colores y flores y un perro grande y asustado. Todo parecía estar a punto de desmoronarse.

Había también un cartel de SE VENDE pintado a mano que casi había desaparecido por la lluvia. Una pareja se asomó al final de la escalera.

—¿Quieren ver la casa?

El hombre estaba delante, llevaba un polo azul remangado y unos pantalones vaqueros remangados, parecía bastante fuerte. Detrás estaba la mujer, con el pelo negro muy corto y un ojo morado.

—Suban, suban.

A ellos les hizo gracia que alguien les hablara de usted, aunque fuera un tipo que no sabía construir casas ni escaleras.

—Esto es todo nuestro y puede ser todo suyo.

Alrededor de la casa había un terreno vallado, verde y vacío, detrás estaba el bosque.

—¿Lo ha construido usted?

—Sí señor. Yo solo, con estas manos.

Levantó las manos y se quedaron todos mirándolas, su mujer también. Era pequeña y parecía tan asustada como el perro, que era grande.

—Pasen, pasen.

Entraron en la casa, el suelo crujía como el de un barco, las ventanas eran pequeñas como las de un barco, estaba oscuro como en un barco.

—Parece un barco.

—Parece un barco, señora, pero no lo es.

A ella le sonó raro que la llamaran señora, tenía diecisiete años. El hombre no era mucho mayor, debía de tener veintisiete o veintiocho.

La mujer parecía de quince, aunque a lo mejor tenía treinta.

—Nosotros hemos sido muy felices aquí.

Nada más entrar había una pequeña habitación con una mesa para comer y una televisión con un vídeo encima. Había películas de dibujos animados y cintas de deportes. Después pasaron a un dormitorio oscuro, sobre la cama había una colcha con las manchas de una cebra.

Ella le dijo al oído:

—Parece una casa en un árbol.

En ese momento salió un niño de un armario. Un niño pequeño y rubio que se parecía a él, pero que estaba tan asustado como ella y el perro.

—Vamos al salón a beber algo.

Volvieron al pequeño salón y se sentaron alrededor de la mesa. La televisión estaba encendida.

La imagen saltaba en la pantalla y no había forma de ver nada.

—Se ha roto. Es lo único que no funciona aquí, todo lo demás va sobre ruedas.

La mujer asustada y morena con el pelo muy corto sonrió, el hombre fuerte puso tres vasos sobre la mesa y los llenó de vino. Todos tenían un vaso menos ella.

—¿Se quedan con la casa?

Ellos no sabían qué decir, todo era demasiado raro, como casi siempre. Se bebieron el vino y luego el hombre puso más, se bebieron ése también y luego otro hasta que se acabó la botella.

—Creo que tenemos que irnos.

—Entonces ¿no les gusta?

Contestó él.

—Sí, sí que nos gusta, puede que volvamos y le hagamos una oferta.

—¿No quieren saber el precio?

La casa era tan pequeña que cuando habló del precio ya estaban fuera.

—No, nunca podríamos pagar lo que vale.

Bajaron por los peldaños de madera torcidos y luego por los peldaños de piedra torcidos. Cuando llegaron al coche ella le dijo:

—Tendrías que haberle matado.

Él sabía que tendría que haberle matado. Se sintió tan avergonzado que no dijo nada. Subió al coche, arrancó y salió a toda velocidad de allí. No quería saber nada de la casa del bosque, ni del hombre malo, ni de su pequeña mujer, ni del niño encerrado en un armario.

29

—Dios no está con nosotros.

Él sabía que se le estaba acabando la suerte.

—Eso no hay manera de saberlo.

Ella no se enteraba de nada.

—Dios no puede estar con los asesinos, nunca ha estado con los asesinos, él prefiere lo de la mejilla.

—Ése es Jesucristo, Dios ya se había cargado a un montón de gente antes de que Jesucristo llegara. Acuérdate de las plagas y de Babel y del diluvio, nunca podríamos matar a tantos como él con su diluvio.

Ella no conocía muy bien el Antiguo Testamento, sólo había hojeado una de esas biblias para niños cuando era pequeña. Después se lo leyó todo, la Biblia, el Corán, algo sobre budismo y mucho sobre magia negra, todavía me escribe, esté donde esté, para contarme sus avances, también me cuenta más cosas de mi hermano y de su viaje con él, me habla de lo que hicieron y de lo que hablaron, y de lo que ella sentía todo el tiempo. Ahora está muy lejos, pero esto ya es otra historia.

—Dios al principio era muy bestia.

—Se ve que luego decidieron cambiar de política, con lo de la mejilla y eso.

—Imagino que con las plagas y los diluvios no se estaba haciendo muy popular.

Ella trató de imaginarse qué cara tenía Dios y por un momento le pareció que debería ser una mujer mayor con los ojos rasgados muy muy dulces en lugar de un cabrón de raza aria con barbas hasta el suelo.

30

Se despertó con sus besos. Ella le estaba besando, primero su trabajadísimo abdomen, luego el pecho, finalmente en los labios. Había dormido con los pantalones y las botas puestas. Hacía muchísimo calor. No tenía ni idea de qué hora podía ser. Las once o las doce, o a lo mejor más pronto. Ella había dormido con una camiseta de Michael Jackson. Sin nada debajo. A él le gustaba mucho Michael Jackson. A mí también. Nunca nos creímos aquello del niño. Él se quedó mirando la camiseta. Como si en vez de haber estado durmiendo con ella hubiera estado durmiendo con él.

—Así que te has casado.

Se comentaba que Michael se había casado con la hija de Elvis.

—Sí, señor, me he casado con la hija del rey.

—Bien, ahora ya lo tienes todo, las canciones de los Beatles y la hija de Elvis Presley. Supongo que no hay nadie en el mundo que esté a tu altura.

Ella volvió a besarle y él acabó de despertarse del todo. Se dio cuenta de que hablaba con ella y de que había dormido con ella y de que ella era todo lo que tenía.

31

El coche pasó por delante de una fábrica inmensa, una fábrica de cemento o de cal o algo así. Era un gran edificio lleno de tubos recubierto de polvo blanco. Había un montón de obreros, todos cubiertos por el mismo polvo blanco, que salían para comer o para el cambio de turno. El coche pasó por delante tan rápido que ni mi hermano pudo hacer nada por ayudarles ni ellos tuvieron ninguna oportunidad de ayudarle a él.

Cuando quisieron darse cuenta, sencillamente, ya había pasado.

32

Se estaba haciendo de noche. No había nubes. No había casas. No había nada.

—¿Dónde vamos a dormir?

Él volvió la cabeza y la miró sorprendido. Hubiera jurado que iba solo en el coche.

33

Estábamos mamá y yo solos en casa. La televisión estaba encendida, pero el volumen estaba tan bajo que no conseguía oír nada. Salían unos perros amaestrados. Primero hacían toda clase de monerías domésticas, como traer el periódico y las zapatillas y todo eso, pero enseguida se ponían a enseñar los dientes y a lanzarse sobre un tipo que llevaba uno de esos trajes especiales de caucho. Mamá revisaba su agenda de trabajo. Recibíamos docenas de invitaciones para asistir a todo tipo de programas de televisión y radio y además estaban los periódicos y las revistas. Una de las revistas llegó a ofrecerle dinero por posar desnuda, ella por supuesto se negó. Ni siquiera me lo había dicho, me enteré cuando volvieron a llamar pidiendo una respuesta. Mamá tenía que organizar todas las citas y decir a qué programas ir y a cuáles no. Yo le había pedido que dijera que estaba enfermo. No era verdad, claro, pero es que ya no me divertía mucho con lo de la tele y la radio y los periódicos, estaba un poco cansado. De tanto hablar de él se iba convirtiendo en un desconocido. Pensé que si volvía a verle me sentiría como el hermano de una estrella de rock. Como algo que él había dejado atrás y que ya casi no recordaba. Algo así como el hermano de Madonna.

Mamá se ocupaba también de archivar cuidadosamente los recortes de prensa y de grabar en vídeo todas nuestras apariciones televisivas. Creo que para entonces ya se había vuelto loca. Sonó el teléfono por encima de los débiles ladridos de los perros amaestrados. Mamá no se movió, así que fui yo a cogerlo.

—Lo siento, chico, pero he tenido que matarlo.

Colgué. Mamá terminó de anotar algo en su cuaderno de citas y levantó la cabeza. Estaba esperando que le diera el mensaje.

—Era mi amigo el policía, dice que ya ha matado a mi hermano.

Los perros de la televisión estaban más tranquilos, pero aún miraban al hombre de caucho con cierta desconfianza.

Los diez grandes éxitos de Dios

34

El cielo se llenó de unas luces blancas, pequeñas, como bengalas, luego aparecieron unos cohetes que se movían en zigzag, después de éstos llegaron unos rojos y amarillos que subían en línea recta y explotaban haciendo muchísimo ruido y formando una especie de paraguas, con cada resplandor caían pequeñas llamas que desaparecían antes de tocar el suelo. Hubo una pausa antes del estruendo final. Todo lo que habían estado viendo por separado sucedió al mismo tiempo y durante un segundo pareció que aquello era una guerra de la televisión. Como cuando los americanos bombardearon Irak y todo lo que se veía era un montón de colores, sin muertos, ni nada.

El ruido se apagó, las llamitas desaparecieron otra vez en el aire, la gente se quedó mirando el cielo. Pero ya no había nada.

—¿Te ha gustado?

Ella tenía las gafas de sol puestas. Como si hubiese estado mirando unas pruebas atómicas.

—Me ha encantado. Normalmente los fuegos artificiales me aburren, pero éstos eran buenos.

—Por lo menos ha durado poco, no soporto cuando los tiran uno por uno y te tienen una hora esperando el final.

—Sé a lo que te refieres. Si tiene que ser, que sea rápido.

—Eso es. ¿Vamos a beber algo?

—Vamos a beber y luego vamos a bailar.

—Yo no bailo.

Eso era cierto, nosotros nunca bailábamos.

—Bueno, ya encontraré a alguien.

Decía esas cosas para molestarle, pero él no se daba cuenta porque no tenía conciencia de que ella fuera su novia ni nada parecido. Toda la gente que miraba los fuegos se había esparcido ahora por la feria. Los puestos de comida estaban llenos y las pequeñas atracciones, como norias enanas y tiovivos enanos, también.

Consiguieron hacerse hueco en una de las barras y pidieron dos cervezas; luego, antes de pagar, él pidió otras dos.

—Será mejor que acumulemos unas cuantas, porque no es fácil llegar hasta aquí.

Había muchísima gente, tanta que era imposible andar sin pisar a alguien o sin que alguien te pegara un manotazo o un empujón. Se sentía tranquilo entre la gente. Cuanta más hubiera, menos posibilidades de que nadie se fijara en él.

—¡Vamos a tirar con las escopetas de aire!

—No me gustan esas escopetas, están todas trucadas.

Supongo que él se sentía un poco idiota tirando con una escopeta de mentira cuando hacía menos de un día que había matado a un tío con una pistola de verdad.

Se sentaron en la hierba, cerca de una de esas máquinas que tienen dentro una bruja mecánica que lee la fortuna.

Los niños miraban a la bruja fijamente y cuando la bruja empezaba a moverse se morían de miedo y de risa al mismo tiempo.

Él sabía que llevaba una pistola en la cintura y ella también. Les hacía sentirse protegidos. Como cuando éramos pequeños y dormíamos con un par de palos debajo de la cama.

Se terminaron las dos primeras cervezas y empezaron con las siguientes. Ella se tumbó en la hierba y apoyó la cabeza entre las piernas de mi hermano. Él nunca había tenido una novia y aquello le pareció muy bien. Ella me contó que le acarició el pelo, aunque de eso no estoy muy seguro. Durante todos los años que viví con él nunca le vi acariciar nada. Se quedaron dormidos. Oían a la bruja y oían a los niños. Estaban agotados. Durante un rato la feria desapareció. Cuando se despertaron no había nadie.

Estaba amaneciendo. Subieron al coche y se largaron. Ella se tumbó en el asiento de atrás y siguió durmiendo. Iban hacia el mar. A ella le encantaba el mar, se quedó soñando con el mar, con la playa y la arena. Soñó que estaba enterrada en la arena caliente como hacía de niña. Estaba sola con su madre y con un montón de niños que eran sus hermanos. Ella me dijo que siempre había querido tener muchos hermanos. Luego, en el sueño, las olas llegaban hasta donde estaba enterrada y aunque al principio se asustaba pensando que se iba a ahogar, enseguida se daba cuenta de que podía respirar debajo del agua sin ningún problema. Se despertó con un disparo.

Cuando asomó la cabeza por la ventanilla vio que estaba en una gasolinera y luego, al mirar al suelo, vio a un hombre agitándose como una lagartija con la cara llena de sangre. Él estaba junto al hombre con la pistola en la mano. No había nadie más.

Él se dio cuenta de que la había despertado.

—Lo siento.

Fue hasta el surtidor, destapó el depósito del coche y lo llenó de gasolina. Mientras llenaba el tanque, los gritos del hombre se fueron haciendo más débiles hasta que se apagaron del todo.

—Ya no se mueve.

—No, no se mueve nada.

Puso el coche en marcha.

—Se le ocurrió llamar a la policía. Supongo que deben haber hablado de mí en la televisión.

—De nosotros.

Ella no sabía qué pensar. Eso es lo que me dijo. Nunca había visto a nadie sangrando y gritando de esa manera. Tampoco había visto nunca un muerto.

—¿Vas a matar a mucha gente más?

—No creo, sólo me queda una bala.

Empezaba a hacer calor, un calor húmedo. Estaban ya cerca del mar. A él le encantaba el mar. Ya lo he dicho. Lo que no le gustaba era la playa.

35

Treinta kilómetros después del segundo asesinato sonó un trueno. Treinta kilómetros exactos, ella los había ido contando. Un rato después sonó otro, más cerca. Por fin el cielo se volvió negro y empezó a llover. Eran las ocho y media de la mañana, pero parecía de noche.

Ella tenía miedo.

—¿No tienes miedo?

—¿De qué? ¿De la tormenta?

—De todo esto.

—No sé, no siento nada concreto. ¿Has estado alguna vez en un entierro?

—Hace un año. En el entierro de mi abuelo.

—¿Recuerdas lo que se siente justo cuando meten la caja en el agujero, una especie de ausencia de todo, como si no pudieras estar triste ni contento, ni sentir absolutamente nada?

—Creo que sí.

—Eso es lo que tengo. No sé si es miedo, pero es todo lo que tengo.

Cada vez estaba más oscuro, cada vez llovía más, cada vez sonaban más cerca los truenos. Creo que él se dio cuenta de que no podía seguir con ella debajo de la tormenta, que no podía dejar que ella llegara a donde él iba, ni que acabara como él iba a acabar.

36

—Cuando yo era pequeña me subía a cosas muy altas. Postes de teléfono, grúas, terrazas, llevaba siempre guantes negros, me subía a las cosas con mis guantes y miraba desde allí. Dormía con guantes, comía con guantes. Mi madre no quería darme la mano cuando íbamos a algún sitio. A ella no le gustaban mis guantes. A mí me volvían loca.

—¿Guantes de cuero?

—Sí, guantes de cuero negro. Muy finos. Forrados de gamuza.

—Yo también tenía unos así.

—No me jodas. ¿Con gamuza amarilla?

—Amarilla.

—Dios, debes de ser un enviado del cielo. No hay muchos niños que usen guantes de cuero negro.

Mi hermano llevó guantes de cuero hasta los trece, los llevaba todo el tiempo. Luego un día dejó de llevarlos.

—¿Qué pasó con tus guantes?

Los había tirado por la ventana del tren. No recuerdo adónde íbamos, pero recuerdo los guantes volando por el aire, como dos manos arrancadas.

—Los perdí.

—Venga ya, no se pierden unos guantes así. Yo quemé los míos. Mi madre me dijo que los tirara, quería llevarme a un psiquiatra, pero yo los quemé. Mi madre me dijo que odiaba los guantes. Yo le dije: Mis guantes son mis manos.

37

—Pégame.

Estaban los dos desnudos. Él la tenía dentro. Dejó de moverse. Supongo que estaba asustado.

Estaba asustado. Ella me lo dijo.

—Pégame.

La sacó y trató de apartarse, pero ella se la agarró con fuerza. Apretó la polla con las dos manos como si quisiera exprimirla. Él no decía nada. No sé si le gustaba o no.

—Pégame.

Estaban de pie junto al coche. Era casi de noche. Podía ver los coches en la autopista y también los aviones bajando por encima de sus cabezas camino del aeropuerto. Hacía calor y los dos estaban sudando. Oía a James Brown y también la oía a ella. Miraba la polla entre sus manos como si fuera la polla de otro, o una polla de nadie. Una polla atrapada.

—Pégame.

Al otro lado de la carretera había un campo de trigo. Y después un poco más lejos una gasolinera verde. El cielo era azul por arriba y amarillo por abajo. Ella tenía la piel muy blanca y las mejillas un poco rojas. Como si hubiese estado corriendo bajo el sol por un campo de trigo y le faltase el aliento.

Dejó de mirar los aviones y los coches y la gasolinera y se quedó mirando su cara, los ojos, los labios, la forma extraña en que se movía su boca, una cara extraña que no se parecía nada a las caras que él había visto.

—Pégame.

Levantó la mano y ella cerró los ojos esperando el golpe.

38

El sol entraba por las ventanas abiertas y también el viento que la despeinaba y la volvía a peinar y no hacía ni frío ni calor, ni era pronto ni demasiado tarde, los dos bebían cerveza y la carretera se alargaba como si no fuera a terminarse nunca y parecía de verdad que Dios estaba tocando todos sus grandes éxitos.

39

—Cuando era una niña creía en Dios.

—¿Y qué pasó?

—Nada, ése era el problema. Dios no parecía interesarse mucho por mí, así que dejé de pensar en él. Ahora ni creo ni no creo, simplemente me ocupo de mis cosas yo sola.

—Así es como debe ser.

—No sé, a veces pienso que Dios existe para los demás y que, por alguna razón, no puede ocuparse de mí. A lo mejor hay un Dios que no es un Dios tan capaz como dicen. A lo mejor Dios es un poco torpe o un poco vago o incluso un poco imbécil.

—¿Un Dios imbécil?

—Sí, como un presidente del Gobierno o algo por el estilo. A lo mejor hay un Dios más listo que éste esperando en alguna parte, pero como Dios es inmortal, eso viene con el cargo, pues al otro, al listo, no le va a tocar nunca. A lo mejor el mundo entero es como México. En México, pase lo que pase, siempre tienen a la misma gentuza organizándolo todo.

—Podríamos unirnos al Ejército Zapatista.

—Sí, y también podríamos ir a la Luna a andar por encima de las huellas de Armstrong.

—Me temo que México y tú y yo tendremos que seguir esperando mucho tiempo hasta que al Dios imbécil le dé por dimitir.

40

—¿Tú mientes mucho?

—No..., no mucho... En realidad no miento nunca.

—Yo miento todo el tiempo, a todo el mundo, a cualquiera. Si dijera la verdad, mi vida sería espantosa. Sería una chica muerta. Una preciosa, honesta chica muerta.

—¿Qué clase de mentiras?

—Eso es lo de menos, mentiras de todo tipo, mentiras de todos los tamaños, mentiras pequeñas y grandes, de las que se ven y de las que no se ven, mentiras que sirven para algo y mentiras que no sirven para nada, mentiras que hacen daño y mentiras que curan.

—¿Mentiras que curan?

—Sí. Mentiras que lo curan todo.

Redujo la velocidad para cruzar un pueblo y luego volvió a acelerar, pasaron por delante de muchas torres de la luz de esas que parecen gigantes de alambre. El campo estaba lleno de esas torres, por lo menos cien, hasta llegar a una central eléctrica.

—Quiero ser modelo, quiero ser cantante, quiero ser astronauta, no quiero nada de eso, sé que soy guapa, quiero escribir canciones, eso es verdad, quiero escribir canciones o a lo mejor no, a lo mejor con todas las canciones que hay ya es bastante. Quiero que me quieran y que me maten, quiero que me sigan y quiero que me arrastren, escribí una canción sobre un hombre que no conseguía agarrar nada con las manos. Estaba cerca de todo pero no podía coger nada. Sus manos eran como dos coladores rotos. Les dije a todos que mi madre era una estrella de cine y que tenía doce hermanos y que el día de mi cumpleaños mi padre me regaló un caballo y también que tenía un novio, un novio que no tengo, y que me quería mucho y que tenía una polla muy larga que me subía hasta la garganta, y un avión y una estrella y un camino que sólo él conocía, y los ojos verdes, y el pelo negro como tu pistola.

—¿Y qué pasó con todo eso?

Estaba corriendo mucho. Estaba escapando, así que no era raro que corriera. Estaba corriendo mucho y le gustaba, a los dos les gustaba.

—Está todo aquí. No voy a ninguna parte sin mis mentiras.

Miró por la ventana, pero todo pasaba tan rápido que no valía la pena mirarlo. Luego le miró a él. Estaba quieto, sentado frente al volante, tranquilo, inmóvil, se notaba que le tocaban los cojones a dos manos todos los kilómetros que pasaban por debajo de las ruedas.

En el fondo no tenía adónde ir ni quería llegar a ninguna parte. Ella no estaba mucho más interesada en el camino.

—Mis mentiras son sólo mías y es lo único que tengo.

En ese momento pasaron por delante de un niño que iba en bicicleta y que estaba muy delgado y que tenía una gorra roja, y ella pensó en algo y tuvo la sensación de que él también pensaba en algo y luego a los dos se les olvidó lo que habían pensado y el niño se quedó muy atrás y desapareció, como tantas otras cosas que podían haberlo cambiado todo para siempre.

41

—Me acabo de dar cuenta de que no hace mucho dejé de pensar cómo va a ser el resto de mi vida. No sé exactamente cuándo, pero ya no he vuelto a imaginar cómo iba a ser mi mujer o mis hijos o mi cara, ni siquiera he vuelto a pensar en mi cara.

—No te preocupes, todo va a salir bien.

Él en realidad no esperaba que ella dijera nada. Así que casi no la oyó.

Estaban en mitad de una recta larguísima entre dos montañas. Detrás de la siguiente montaña estaba el mar y antes de la montaña anterior no había nada.

—No sé cómo la gente puede soportar que le cambie la cara.

—Bueno, ahora hay un millón de técnicas avanzadísimas para que eso no pase nunca.

Tampoco la escuchó esta vez. Conducía y hablaba. Tenía la pistola metida en el pantalón. Sentía un frío agradable en el estómago.

—En el fondo, me alegro de no pensar más en mi cara. Creo que nadie debería pensar en cómo va a estar su cara dentro de un montón de años.

Ella le puso la mano en la boca.

—Todo va bien.

Esta vez sí la oyó.

—Nada va bien, pero así es como va.

42

Empezó a llover otra vez. Llovía tanto que no parecía verano. Él sabía que después de esos días de lluvia todavía se puede ir al mar y que hace calor mucho después de eso, muchos días después, tanto que uno llega a cansarse, pero creo que por un momento olvidó todo lo que ya sabía, se confundió y se creyó de verdad que ya se acababa el verano.

El coche corría como nunca y se agarraba a las curvas para no salir disparado, el agua entraba por la ventanilla y le daba en la cara como si le estuviese saludando o insultando.

Iba muy deprisa y, cuando miró al asiento de al lado, se dio cuenta de que ya estaba solo.

43

Sacaron su foto en la televisión. Era una foto en la que estábamos los dos juntos. La hizo mi abuela y nunca la habíamos visto hasta entonces. Nosotros nunca nos hacíamos fotos. No nos gustaba. Ni a mamá ni a él ni a mí. En eso estábamos todos de acuerdo.

En la televisión no salía yo. Sólo salía él. Me habían sacado de la foto.

Se pidió una cerveza. Cuando acabó con ésa pidió otra y luego otra más y así hasta diez. El bar estaba lleno de gente, niños y familias enteras, todos en bañador. Era uno de esos bares que están junto a la playa en los que la gente entra a comprar algo y luego vuelve a su sitio debajo de las sombrillas de colores.

Ella ya no estaba. Quiero decir que ya la había sacado del coche a patadas, cosa que a ella no le gustó en el momento, pero que sin duda acabó por agradecer. Por más que a mí me contara otra cosa. Estuvo un buen rato dando vueltas por el paseo que separaba los bares de la playa. Hacía muchísimo calor, pero no podía irse a nadar tranquilamente. Creo que no podía soportar la idea de tener que atravesar la arena llena de gente hasta llegar al mar, y sobre todo no podía separarse por nada del mundo de su pistola.

44

La playa estaba llena. Llena de niños. Llena de hombres y de mujeres y llena de perros. Llena de sombrillas y de radios y de walkmans y discmans y toda clase de inventos sumergibles, llena de todo.

Llena de miedo también.

—Podía haber matado a cualquiera, podía habernos matado a todos.

Cuando se supo que había pasado la mañana en la playa, todo el mundo se volvió loco pensando en sus caras llenas de humo o en las caras de sus hijos y sus seres más queridos llenas de humo también.

Ellos eran muchos y él estaba solo.

Una bala en la pistola y un millón de enemigos, a él le hubiera costado elegir si realmente hubiese pensado por un momento en matar a alguien en esa maldita playa.

Cuando apareció el primer helicóptero, él ya sabía que toda esa gente le había traicionado.

45

Dejó el paseo y se metió en la arena. Le costaba andar con las botas, pero él nunca se quitaba sus botas de piel. El helicóptero seguía todos sus pasos. Andaba entre la gente como si nada, pero era evidente que él estaba vestido de negro y que todos los demás estaban casi desnudos. Era como un pañuelo negro agitado en mitad de un apacible y luminoso día playero. Todo el mundo le miraba. Las chicas le decían cosas pero él no las miraba. Bueno, supongo que a algunas sí las miraba. O a lo mejor las miraba a todas, o a lo mejor miraba a los chicos, puede que hasta fuera marica después de todo. Qué coño importa. Lo cierto es que cruzó la playa hasta el mar y todos se alejaron de él como si fuera la sombra del demonio.

Yo les dije a todos que desde que salió de casa no había vuelto a hablar con él, pero era mentira. Poco antes de mirar al cielo y darse cuenta de que ya se había terminado todo, antes de cruzar la arena con su pistola y su bala me había llamado por teléfono.

Yo estaba solo en casa.

—Hola, soy yo, si no lo hubieses cogido tú habría colgado.

—Gracias.

No sé por qué dije eso, no sé por qué dije nada de lo que dije en realidad.

—¿Cómo está mamá?

—Bien, se ha vuelto loca creo, pero no está mal.

—Estupendo, en realidad ya no me importa demasiado aunque a veces sí, es como si ya no fuera mi madre o como si de pronto tener madre ya no importase. Ahora estoy bastante solo. Pero está bien, me gusta. Me he bebido diez cervezas. ¿Lees lo suficiente?

—Sí, creo... Ahora no tengo mucho tiempo. Viene la policía y la televisión.

—¿Qué tal salgo en la tele?

—Muy guapo. Mamá anda todo el día buscando el vídeo que hicieron los vecinos cuando se compraron la cámara, pero no aparece.

—Lee todo lo que encuentres en mi cuarto. Leer sirve de mucho, aunque aún no sé exactamente para qué.

—En la televisión nunca hablan de todo lo que lees, yo ya les he contado que eres un poeta, pero ni caso.

—No soy un poeta, no vayas por ahí diciendo animaladas. Una cosa es que lea poesía y otra muy distinta que sea un poeta.

—Ahora eres un asesino.

—Eso sí. ¿A ti qué te parece?

—A mí me parece bien. Pero no creo que los demás piensen lo mismo. Todo el mundo dice que te van a matar o que te van a meter en la cárcel para siempre.

—Bueno, eso ya se verá, aquí hace un día precioso. La playa está llena. Esta mañana muy temprano me he bañado con las botas puestas, debo estar volviéndome loco.

—¿Qué tal están?

—¿Las botas?, bien. ¿Y las tuyas?

Les eché un vistazo, estaban bien, yo no me había metido en el agua con ellas. Yo no me estaba volviendo loco.

—Perfectas.

—¿De verdad no te parece mal que haya matado a esa gente?

—A mí no. A mí me da lo mismo. Ellos no son nada mío. Además, supongo que algo te habrían hecho.

—El guardia del Vips, el de siempre, el que siempre nos molesta, empezó a agarrarme por el brazo y a decir delante de todos que yo era un ladrón. No había robado nada.

—Siempre hacen eso.

—Ya, pero yo tenía una pistola. Él tenía la suya y yo tenía la mía, así que la cosa, por una vez, fue bastante justa.

—¿Y el otro?

—Al de la gasolinera lo maté porque quería llamar a la policía, pero sobre todo por algo feo que dijo de ella.

—¿De tu amiga?

—Sí, dijo algo muy desagradable, antes incluso de reconocerme. Ella estaba dormida detrás y te juro que parecía un ángel. Entonces llegó el tío ese y dijo algo sucio. Por eso le disparé. Le di en la cara. Si disparo en la cara me parece más fácil. Sin cara ya están muertos antes incluso de morirse del todo.

—¿Qué vas a hacer ahora?

—No tengo ni idea, pero no voy a pasarme la vida en la cárcel. Eso seguro.

—¿Te has enterado de lo de Michael Jackson y la hija de Elvis?

—Sí, creo que eso es todo lo que voy a hacer. Voy a sentarme en la arena y voy a esperar la llegada del pequeño Elvis Jackson.

—Conozco un policía que va a ir a matarte, en realidad es bastante amigo mío. Le caes bien.

—Estupendo. ¿Cómo sabré quién es? Supongo que mandarán a más de uno...

—Se parece mucho a Harry Dean Stanton.

—Qué suerte. Sabes, en realidad hablo así porque todavía no sé qué sentiré cuando vea que me van a matar, supongo que luego todo cambiará y me volveré como loco. No entiendo nada de lo que pasa. No soporto que me agiten y que digan que he robado si no he robado y nunca pensé que pudiera encontrarme una pistola en la basura y sobre todo no me imaginé que matar a la gente fuera tan fácil.

—El coche que llevas ¿corre mucho?

—Sí, pero me temo que no lo suficiente.

Nos quedamos un rato en silencio. Yo no sabía qué decir y supongo que él tenía mil cosas en que pensar. Aunque a lo mejor cada vez tenía menos en que pensar. No lo sé. No hay manera de saberlo.

—Oye, enano..., no me quedan monedas... Lee mucho y dales grasa a las botas, y no creas que todo lo que hago está mal...

—De acuerdo.

—Tampoco creas que todo lo que hago está bien... Puede que sólo sea una manera nueva y más espectacular de equivocarse.

—¿Adónde vas ahora?

—Al mar. ¿Sabes lo que decía Joyce? Que un espigón es un puente frustrado.

Primero colgó él y luego colgué yo. Nunca le hablé a nadie de esta llamada.

Hasta hoy.

46

—Yo le di en un brazo. Le estaba apuntando a las piernas, pero le di en un brazo. Tengo una puntería malísima.

Mi amigo el policía pedía las bebidas. Al principio el camarero le preguntó si yo tenía la edad, entonces él le enseñó la placa y a partir de ahí se comportó como si yo fuera un luchador de sumo.

Bebíamos whisky. Él lo bebía solo, al mío le había puesto un hielo. Los dos fumábamos muchísimo.

—Luego le di en el pecho, no quería darle tan arriba, en realidad tenía miedo de estropearle la cara. Era la hostia de guapo. Con eso bastaba, allí ya había mucha muerte, pero detrás de mí se volvieron como locos. Empezaron a tirar con todo, te juro que me asusté, parecía una puta guerra. Yo nunca me había visto en una igual, disparaban los de los cuerpos especiales y la policía local y los de la secreta, disparaban todos, desde arriba y desde abajo, desde el jodido helicóptero también. Le reventaron. Menuda mierda, cincuenta cazadores tirándole a un pato muerto. Cuando dejaron de tirar me acerqué al cuerpo, pero tu hermano ya no estaba allí. Había un chico en el suelo. Pero te juro que no se parecía nada a él.

Bebimos otro trago de nuestros whiskies. Todo el mundo pensará que me quemaba la garganta, pero la verdad es que me caía como si fuera agua. Mucho mejor que agua.

—¿A qué jugabais?

Me quedé callado. No sabía muy bien qué quería decir.

—De niños ¿a qué jugabais?

—A Bruce Lee.

—Hostia, me encanta Bruce Lee.

Se levantó y empezó a hacer como que hacía kárate.

—¡HIIIAAAAAAA! ¡HAIIIIIIO!

Movía las manos y las piernas, hacía mucho ruido pero no tenía ni idea.

Todo el mundo le miraba, los camareros también, pero él ya les había enseñado la placa.

—Bruce Lee, menudo monstruo...

Se acabó de un trago su vaso y yo hice lo mismo. Luego llamó al camarero.

Pidió dos whiskies más. Yo no tuve que decir nada.

—Tu hermano es el segundo que mato y desde luego el mejor. En medio de todo el follón... No debería decirte esto... Qué cojones... Tú no vas a decir nada... ¿Sabes guardar un secreto?

Le dije que sí. No sé hacer muchas cosas, pero desde luego sé guardar un secreto.

—En medio del follón, con todos esos paletos destrozando al chico, me puse a pegar tiros a todos lados, era todo bastante raro, nadie hacía nada normal, todo el mundo estaba loco, así que yo dejé de apuntarle a él y me puse a disparar contra los nuestros. Sólo le di a uno, en una pierna. No creo que me pillen. Le apuntaba a la cabeza, o tiraba sin mirar, no lo sé, no me acuerdo, sólo sé que no quería que tu hermano me matara y que estaba muerto de miedo y que todo ese ruido me estaba volviendo loco.

Le hice una seña al camarero y nos trajo otros dos whiskies. Aún no habíamos terminado los anteriores, pero es que no sabía qué hacer.

—Se ponían en fila los muy hijos de puta. Tiraban por tirar. Todos querían ser famosos, pero te juro que lo maté yo, cuando los paletos sacaron las pistolas ya estaba muerto... o casi.

Dejamos los vasos anteriores llenos y cogimos los nuevos. Yo trataba de beber a su ritmo. La verdad es que no era fácil.

—¿Quieres meterte algo?

Extendió la mano por encima de la mesa como para darme algo invisible. Cogí la papela de coca y me fui al baño. Sólo me había metido una raya en mi vida, una muy pequeña que me pusieron en una fiesta.

Bajé al baño. Abrí la papela y me hice una raya. Me llevó un buen rato y se me cayó un poco al suelo, traté de recuperarlo pero luego desistí. Me metí la raya y luego un poco más. Utilicé un billete enrollado.

Al salir del baño me sentía estupendamente.

Se lo devolví y entonces él bajó al baño y tardó un rato en volver.

Nada más sentarse le pegó un buen trago a su whisky.

—Joder, Dios sabe lo que tendría en la cabeza. Ni siquiera le quedaban balas en la pistola. ¿Sabes que una vez estuve a punto de matar a un perro?

Estaba muy enfermo y a mi mujer se le ocurrió que a mí me sería muy fácil matarlo. Para que no sufriera, dijo. Pero todos sufrimos, chico, todos...

Hizo una pausa y me sentí en la obligación de decir algo.

—Sí, señor, todos.

—Así que cogí la pistola y se la puse detrás de una oreja. El pobre animal me miraba de reojo. Era mi perro, joder, y aunque no lo hubiera sido, te juro que no hay manera de matar a un perro. Tu hermano tiró al aire la última bala. No sé por qué. Podía haberme dado a mí o a cualquiera, pero tiró al aire. Yo no tiré al aire, yo le tiré a una pierna, pero le di en un brazo. Yo es que no tengo puntería.

Terminamos nuestras copas y nos fuimos a casa. Quiero decir que yo me fui a casa. Él no sé adónde se iría.

Me sentí bien durante un buen rato, pero luego me sentí peor que antes. Como si alguien me hubiera dado algo y luego, arrepentido, me lo hubiera quitado.

47

Lo podíamos haber visto por televisión, pero la policía se ocupó de mantener las cámaras y al resto de la prensa fuera de la playa. Lo último que tomaron desde el paseo fue un plano lejano en el que se veía a un montón de gente corriendo en todas direcciones, gritando asustados. Él iba andando hacia el mar y el resto del mundo corría hacia el interior, estaban muertos de miedo, como en la película *Tiburón*, hubo varios heridos aunque con esto también se exageró mucho.

La gente se quedó mirando desde el paseo, era toda una fiesta. Había docenas de ambulancias y camiones de bomberos y un millón de coches de policía avanzando hacia él. Retiraron a los heridos. La gente gritaba y aplaudía. Él no tenía adónde ir. Estaba otra vez con las botas metidas en el mar.

Un helicóptero aterrizó en la playa y el otro se quedó quieto en el aire, sobre su cabeza, como un insecto prudente. Formaron un semicírculo con los coches a su alrededor.

Uno de los policías empezó a gritarle, hacía un calor insoportable, estuvo gritando un buen rato hasta que él levantó la pistola. El policía dejó de gritar y por un segundo todos se callaron. Luego él disparó al aire su última bala. Como si estuviera dándole la salida a una carrera.

48

En la primera página del periódico apareció una fotografía tomada desde el helicóptero de los cuerpos especiales. A él casi no se le distinguía, sólo se veía una figura negra rodeada de todas esas sombrillas amarillas. Debajo de las sombrillas se amontonaban los policías y más atrás los chicos de la prensa y más atrás aún todos los valientes bañistas y sus valientes familias.

Al final los canarios habían conseguido arrinconar al gato.

49

Cuando la sacó del coche el coche estaba parado. Ella dice que la tiró en marcha pero yo sé que él era incapaz de hacer algo así. No le dijo nada antes y por supuesto no le dijo nada después. Paró en mitad de la carretera y la sacó de allí de una patada. Cuando ella quiso darse cuenta, él ya estaba muy lejos.

—Habíamos pasado la mañana en el mar. Era muy pronto y no había nadie, comimos y bebimos cerveza y él estaba muy contento. Se reía. También se metió en el agua vestido. Yo me desnudé. Tengo un cuerpo muy bonito. Las tetas son pequeñas, pero a él le gustaban así.

Se levantó la camisa y me las enseñó. Unas tetas preciosas. Una chica preciosa.

—Él era muy guapo, pero muy raro. Ahora me escriben cartas. No sé qué hacer con ellas. Mi padre ya no me pega. Me pegó mucho cuando volví a casa, pero cuando empecé a salir por la televisión se asustó. Sabía que si seguía haciéndolo yo lo contaría delante de todo el mundo, así que ahora ni me toca. Ahora soy una estrella. A las estrellas no les pone nadie la mano encima a menos que ellas quieran. ¿Tú contestas las cartas?

—Algunas, las que van dirigidas a mí, ni siquiera todas las que van dirigidas a mí. La mayoría las escriben dementes. Algunas son buenas. Pero muy pocas.

—Igual me pasa a mí. Casi todas son chicas que quieren saber cómo me lavo el pelo o si soy pelirroja natural o me piden que las enchufe en una agencia de modelos. Yo ya tengo una, me han hecho muchas fotos y dicen que pueden mandarme a Japón, aunque aún no sé si quiero ir. También me han ofrecido presentar un programa en la tele.

Estaba entusiasmada. Ni siquiera parecía recordar que él había muerto.

—No tenía que haberme arrojado del coche.

—Lo hizo por ti, si no te hubiera echado ahora estarías dentro de una caja. Y adiós Japón.

No se enfadó. Ella no se enfadaba nunca. Podía patinar sobre la desgracia como sobre una pista de hielo.

—Nada de eso. Si me hubiera quedado, a lo mejor él seguiría vivo y hasta puede ser que nos fuéramos a Japón juntos.

Puede que tampoco se acordara de los dos tipos que había matado, uno de ellos delante de sus propias narices.

—Sé lo que estás pensando, pero no le hubiesen metido en la cárcel para siempre. Era famoso.

Habíamos quedado para comer, pero sólo comía ella. Yo me bebí tantas cervezas que al final no sabía ni lo que decía. Ni lo que decía yo, ni por supuesto lo que decía ella.

—Dicen que en Japón adoran este tipo de cosas. Yo nunca mataría a nadie, pero ellos no lo saben. Para ellos soy una especie de adolescente occidental mortalmente peligrosa. Se puede sacar mucho dinero de algo así. A mí el dinero no me importa una mierda, pero quiero viajar, quiero estar lo más lejos posible de ese bestia y de sus palizas y de la cara de mi madre y de la mierda de vida que tenía hasta que él me arrancó de cuajo, como a una muela sana en medio de una boca podrida.

—Has traído un montón de cartas.

Sacó una bolsa de plástico y la volcó encima de la mesa. Había cientos de cartas. Yo tenía también muchas bolsas como ésa. Hay muchísima gente en el mundo que prefiere hablar con un desconocido o incluso con un fantasma a no hablar con nadie. Ella hablaba conmigo.

—¿Te llevan al psiquiatra?

—Sí, empecé hace un par de semanas, pero no le contaba gran cosa, así que me han dado un mes de descanso. Dentro de poco empezaré otra vez las sesiones. También me han dicho que si no me gusta éste me pondrán a otro.

—Eso me dijeron a mí, pero sigo con el mismo. Yo les dije que me cambiaran, quería una chica o una señora, hay cosas que no puedo contarle a un hombre con barba.

—¿Tiene barba?

—Sí, una barba enorme, es como un oso. Como un oso canijo.

No sé por qué me imaginé que si mi psiquiatra tuviera barba todo iría mejor.

Saqué una carta cualquiera del montón, como en un concurso de la televisión.

El tío que la escribía era un cerdo, trataba de parecer un chico pero se notaba que tenía por lo menos cincuenta años.

—Esto es asqueroso. ¿Te escriben muchas así?

—Algunas. Uno hasta me mandó una foto de su polla. No la he guardado, tampoco era una polla muy grande.

Pedí otra cerveza. No me gustaba que hablase así, en realidad era una chica muy limpia.

—No deberías dejar que nadie te diga guarradas, no deberías dejar que nadie te toque. Apártate de sus manos de cerdo y de sus caras de cerdo y de sus asquerosas ideas y sobre todo aléjate de sus asquerosas pollas.

Creo que estaba bastante borracho.

—Vete a Japón y no vuelvas nunca. Los japoneses son buena gente y no te conocen de nada. Cuanto menos te conocen, menos daño te hacen. Vete a Japón de una vez y llévate tus malditas cartas.

Me eché a llorar, pero enseguida paré e hice como que no había pasado nada. No había llorado desde que tenía nueve años. Ella estaba asustada y también interesada. Era increíblemente guapa y me había enseñado sus pequeñas tetas en mitad de un restaurante vacío y yo estaba borracho y había llorado y era virgen y mi hermano era un asesino, un asesino muerto además, y todo eso junto era demasiado.

—¿Estás bien?

—No, no mucho, yo nunca iré a Japón ni a ninguna parte.

Me pasó la mano por la cabeza como se le hace a un niño o a un perro.

—No digas eso. Cualquiera puede ir a Japón hoy en día, ni siquiera está tan lejos.

Me terminé la cerveza y me largué. No le dije ni adiós. Simplemente salí de allí estirado como un poste.

Si no estaba tan lejos, ya no quería ir.

Todos los aviones del mundo

50

En una de sus cintas de casete había grabado la voz de un loco. Las palabras de un loco.

No me sigáis, no sé con qué me voy a encontrar, no me miréis, no me sigáis, no me escuchéis, ¡iros todos a la mierda!, las manos de mi madre ya no pueden agarrarme, las manos de mi padre ya no pueden agarrarme, mis manos no pueden agarrar nada, todo está suelto, todo está solo, nadie cuenta con nadie, mejor, mejor, mejor, Dios no sabe la que se le viene encima, Dios es una niña asustada, Dios no tiene bicicleta, Dios no tiene polla, Dios es un envidioso, Dios vive en Hawai, Dios toca el ukelele, Dios no sabe por dónde se anda.

Después se oían muchos ruidos, un tío tocando el claxon durante casi diez minutos, supongo que era uno de esos que se quedan con el coche encerrado detrás de la segunda fila.

Después dos niños hablando en un parque, creo que era un parque porque se oían más niños gritando y jugando.

—No voy a estar aquí siempre.

—Te puedo pegar hasta que te caigas.

—Da igual, no voy a estar aquí siempre.

51

—Dios mío, nunca había visto aviones tan grandes.

Los aviones despegaban y aterrizaban justo detrás de ellos. El ruido lo llenaba todo. Tan cerca que parecía fácil saltar encima de uno de esos aviones y marcharse a cualquier parte.

—¿Adónde van?

Ella miraba los aviones. Señalaba los aviones y los seguía con el dedo.

—Mira, mira, mira... ¿Adónde van?

—A Rusia, a China, a cualquier parte.

—¿Y a Cuba?

—A Cuba también.

—Pero si nadie quiere ir a Cuba. La gente se escapa de allí remando con las manos y con los pies, metidos en botes de sopa.

—Siempre hay alguien que quiere ir al sitio del que todos los demás se escapan.

—¿Para qué?

—No lo sé. Por joder, supongo.

Un avión pasó por detrás de él. Grande como una casa. Cerca, tan cerca que un salto parecía suficiente.

—¿Tú adónde irías?

—A Australia.

—A Australia, menuda estupidez, no creo que haya nada bueno en Australia.

—No necesito que sea bueno, me basta con que esté al otro lado.

Un avión gigante cruzó el cielo y se aplastó contra el suelo con mucha suavidad. Los aviones pasaban por detrás de él sin despeinarle. Era de noche y luego iba a ser de día y todos los aviones del mundo seguirían pasando por allí.

Índice

Este libro se terminó
de imprimir en
Móstoles, Madrid,
en el mes de
mayo de 2024